두근두근 먹거리 기행
꽃미남 구르메

두근두근 먹거리 기행

꽃미남 구르메

꽃미남 구르메~두근두근 먹거리 기행~ 상

초판 1쇄 찍은 날 | 2014년 7월 1일
초판 1쇄 펴낸 날 | 2014년 7월 10일

지은이 | 타치바나 유키노
그린이 | 미레이 아야네
옮긴이 | 이정화
펴낸이 | 예경원

편집책임 | 박우진
편집 | 오아현

펴낸곳 | 예원북스
등록번호 | 제396-2012-000132호
등록일자 | 2012. 7. 25
YRN | 제3-0005호

주소 | 경기도 고양시 일산동구 무궁화로 8-28 삼성메르헨하우스 712호 (우) 410-837
전화 | 031-819-9431 팩스 | 031-817-9432
http://blog.naver.com/ainandfin
E-mail | ainandfin@naver.com

ISBN 979-11-5630-828-7 02830
ISBN 979-11-5630-829-4 (set)

※ 파본은 구입하신 서점에서 교환하여 드립니다.
※ 저자와 협의하여 인지를 붙이지 않습니다.
※ 이 책은 예원북스와 iproduction / NTT Solmare 와의 계약에 의해 출판된 것이므로 무단 전재 및 유포, 공유를 금합니다.
※ 이 도서의 국립중앙도서관 출판시도서목록(CIP)은 서지정보유통지원시스템 홈페이지 (http://seoji.nl.go.kr)와 국가자료공동목록시스템(http://www.nl.go.kr/kolisnet)에서 이용하실 수 있습니다.

A I N PREMIUM SERIES

타치바나 유키노 글 ─

미레이 아야네 그림 ─

이정화 옮김

上

두근두근 먹거리 기행

꽃미남 구르메

아인 AIN

*이 이야기는 픽션으로, 이야기에 등장하는 인물·단체·사건은
현실과는 무관합니다.

CONTENTS

※구르메(Gourmet)

프랑스어. '미식가', '식도락가'를 뜻하는 단어로서, 맛집 혹은 맛있는 음식을 찾아다니는 행위를 일컫는 뜻으로 자주 쓰인다.

〈홋카이도〉
속까지 진한 목장 청년

나 지금 능욕당하고 있어…….

이렇게 아름다운 풍경 속에서…….

나도 모르게 아랫배를 쓸어 올렸다.

이럴 수가! 이렇게 깊이 받아들이다니.

그것도 오늘 처음 만난 사람을…….

정말…… 괜찮은 걸까요?

이런 짓을 저질러도 되는 걸까요?

아아, 편집장님…….

그 서늘한 눈동자가 떠올랐다. 언제나 이지적으로 빛나는 편집장님의 뜨거운 눈빛.

죄송해요, 편집장님.

하지만 저 지금… 너무, 너무너무 기분이 좋아요…….

이제 도쿄에는 안 돌아갈지도 몰라요…….

                    *   *   *

「좋은 경험 쌓고 와.」

편집장님은 그렇게 말씀하셨지만, 어째 난 이상한 쪽의 경험만 쌓고 있는 것 같았다.

"얏호~! 드디어 왔다~ 홋카이도!"

이제 막 삿포로에 기운찬 발걸음을 내디딘 나는 푸드 저널리스트인 모리타 아스카(森田明日香).

아직 햇병아리 기자지만 존경하는 아오야마(青山) 편집장님의 지휘 아래 전국 각지의 맛있는 식당이나 음식을 찾아다니게 됐다.

기념비적인 첫 출장지는 홋카이도.

원래라면 햇병아리에게, 그것도 이런 먼 곳의 출장지를 배정하지는 않는다.

사건의 발단은 내가 아직 털게를 먹어본 적이 없다는 데에서 시작됐다.

나는 아직 기사 작성에 능숙하지 못해서 편집장님께서 매번 검수를 맡아주시는데, 그 와중에 오가는 이야기 중에 털게를 먹어본 적이 없다는 말을 하게 되었다.

「뭐야! 그러고도 네가 푸드 저널리스트야?」

아오야마 편집장님은 미간을 찌푸리시며 평소대로 가시 돋친 말투로 나를 쏘아붙였다.

처음에는 저 말투에 꽤 많이 상처를 받았었다. 하지만 지금은 말은 차갑게 해도 사실 속마음은 따뜻한 분이라는 것을 잘 알고 있다.

「할 수 없지. 먹어보고 와!」

편집장님은 어이없다는 얼굴로 항공권을 내밀었다. 마치 이런 전개를 예상이라도 했다는 듯한 모습이었다.

이게 웬 떡! 본고장 털게를 맛보게 되는 건가?! 정말 그래도 될까?!

나는 푸드 저널리스트를 꿈꿔왔을 정도로 먹을거리를 좋아한다. 그래서 이 기회를 놓칠 수 없다는 생각에 흥분했다가, 불쑥 떠올렸다.

「아, 근데 털게는 겨울이 제철 아닌가요?」

「이래서 아직 네가 멀었다는 거야.」

편집장님이 안경테를 가볍게 추켜올리며 말했다.

「물론 홋카이도 털게는 초봄에 가장 맛있지. 하지만 여름에서 가을 사이에 살이 차오르고 내장도 아주 고소해져. 그러니까 봄에서 여름까지가 제철이라고 해도 틀린 말은 아냐.」

「앗! 그럼 지금이 딱 제철인데요?!」

「그렇지. 아무튼 먹어봐. 뭐든 먹어보고 배로 생각해 봐.」

그렇게 말하면서 편집장님은 길게 찢어진 눈을 가늘게 뜨며 미소 지었다.

「좋은 경험 많이 쌓고 와.」

그 말씀에 네! …하고, 난 단숨에 홋카이도까지 날아온 것이다.

일단 호화로운 털게는 저녁메뉴로 점찍어둔 참이라, 그사이 간단히 먹을 간식이 땡겼다.

편집장님이 건넨『명물 리스트』를 펼쳐 봤다.

"으음……. 라멘, 초밥, 징기스칸(홋카이도 토속 양고기 요리: 편집 주)……. 간식으로 먹기엔 조금 버거운데. 앗, 이게 좋겠다!"

목장에서 갓 짜낸 100% 생우유로 만든 수제 소프트 아이스크림!

날씨도 좋고 아직 시간도 많으니까……. 그래, 이걸로 하자. 버스 타고 고고!

설레는 마음으로 차창 밖을 이리저리 구경하던 나.

이때까지만 해도 평생 잊지 못할 만남이 기다리고 있는 줄은 꿈에도 몰랐다.

"자, 여기 소프트 아이스크림 하나! 맛 하나는 기가 막힐 거요!"

그렇게 말하면서 그는 해바라기 같은 미소로 싱긋 웃어줬다.

허름한 휘장이 달린 작은 노점.

푸른 작업복을 입은 그 사람은 내가 다가가는 소리에 축사에서 후다닥 달려나왔다.

"쪼까 기다리쇼잉."

지역 사투리인가? 느릿느릿한 억양으로 그렇게 말하면서 손을 북북 씻더니, 엄청 진지한 표정으로 소프트 아이스크림을 말아 올렸다.

"저짝에 앉아서 편하게 드쇼."

그리곤 푸르른 초원을 향해 있는 하얀 의자를 가리키면서 싱긋 웃더니, 이내 축사로 돌아갔다.

오~ 좋다, 좋아! 진짜 낙농가에서 만든 소프트 아이스크림 같은 느낌. 한 입 핥아보자 또 다시 감탄사가 터져 나왔다.

"우왓, 맛있어~!!!"

갓 짜낸 우유처럼 진하고 깊은 풍미였지만, 뒷맛은 개운했다.

"소프트 아이스크림이 신선식품이었구나~!"

잊어버리기 전에 얼른 감상을 메모, 메모……. 편집장님은 비웃을 테지만.

문득 바라보니 저 멀리 목장 옆 밭에서 그 사람이 풀을 베고 있었다. 옥수수 밭인가?

옥수수도 먹어보고 싶어~! 안 되나?

물끄러미 바라보고 있자니 그 사람이 기척을 느꼈는지 이쪽을 쳐다봤다.

그리고는 환하게 웃는 얼굴로 손을 흔들었다.

아앗……! 당황해서 나 역시 힘껏 손을 흔들어줬다. 무슨 의민지는 모르겠지만, 그래도 서로 의미 없이 인사를 해주는 것도 썩 괜찮은 일이었다.

여긴 여행지잖아. 즐겨야지!

소프트 아이스크림도 다 먹었고, 근처 치즈 농장에 들렀다가 삿포로로 돌아가면 되겠다.

그렇게 생각하며 자리를 털고 일어났을 때, 그 사람이 수건으로 땀을 닦으며 이쪽으로 걸어왔다.

"아가씨, 보면 볼수록 거시기 하구마이. 어디서 왔어?"

거시기? 무슨 의미일까 모르겠지만, 일단 나는 '도쿄'라고 대답했다.

"오오~ 도쿄?"

그는 왠지 눈부신 듯 눈을 가늘게 찌푸렸다.

"어따, 꽤 멀었을 거인디……. 관광 온 거요?"

"아뇨. 일 때문에 온 거예요."

가까이서 보니 뙤약볕 아래에서 건강미를 뿜어내는 피부가 매력적인 남자였다. 매력적인 남자가 곁에 있으니 조금 흥분되어 말이 많아졌다.

"전 푸드 저널리스트라 맛있는 음식을 찾아다니거든요. 여기 아이스크림은 만점이에요!!"

그렇게 말하자 그 사람은 진심으로 기쁜 듯 환하게 웃으며 인중을 쓱쓱 문질렀다.

"혼자 온 거야? 괘안으면 우유 한번 짜볼 텐가?"

"엣! 그래도 돼요?"

남자는 웃으면서 날 일으켜 세웠다.

목장의 울타리를 따라 조금 걸어가니, 소들이 잔뜩 우글대고 있는 축사가 있었다.

귀여운 눈망울을 한 커다란 소 한 마리를 점찍은 그가 소를 축사 밖으로 천천히 끌고 나왔다.

그가 소의 몸통 쪽에 웅크려 앉아 핑크색 젖꼭지를 쥐어짜자 끝에서 하얀 우유가 찌익— 하고 뿜어져 나왔다.

"여그. 한번 해보쇼."

"아, 네에⋯⋯."

나는 긴장하면서 젖소 쪽으로 손을 뻗었다.

우왓, 따뜻해⋯⋯. 처음 만져보는 소젖의 느낌은 굉장히 이상하고 오묘한 감각이었다.

"엄지랑 검지를 젖통에 가찹게 꽉 잡고. 그랴, 옳지. 그라고 위에서 아래로 쓸어내리면서 젖을 꾹 짜내는 거여."

이, 이렇게?

묘한 느낌이 들었다. 왠지 민망해진 내가 어색한 손놀림으로 젖꼭지를 쥔 손에 힘을 주자 하얀 우유가 찍 나왔다.

"앗! 나왔다!"

나는 너무 신기해서 신나게 우유를 짰다. 찍, 찍, 찍⋯⋯. 우와, 우유가 원래는 이렇게 따뜻한 거구나!

좋은 경험을 쌓은 것 같아! 하고 대만족하며 우유를 짜내는 내 귓가로 문득 그 사람의 중얼거림이 들렸다.

"하하, 참말로 거시기하구마～"

또 나왔다. 거시기. 나는 우유를 짜는 손길을 멈추지 않고 그 사람을 돌아봤다.

"그게 무슨 뜻이에요?"

"으, 응?"

그 사람은 허둥대면서 얼굴을 붉혔다.

"긍께, 뭐냐 그… 이, 이쁘다고."

"꺄앗!"

당황해서 우유를 짜는 손가락이 미끄러지는 바람에 얼굴로 우유 줄기가 날아들었다.

깜짝 놀란 나는 엉덩방아를 찧고 말았다.

"어이쿠야!"

그 사람이 재빨리 날 안아 일으켰다. 목덜미에 두르고 있던 수건으로 얼굴을 닦아주려다가 황급히 다시 거둔다.

"이, 이것은 못 쓰는디……."

"왜요?"

우유가 눈에 들어갔는지 눈이 따가웠다. 나는 멋대로 수건을 잡아채서 정신없이 얼굴을 닦았다. 그 사람이 웃음을 터뜨렸다.

"다구진 처자구먼."

또 해바라기 같은 미소. 왠지 가슴이 두근거렸다.

그 사람이 갑자기 내 손을 꽉 잡았다.

그리고 날 일으키더니, 손을 잡은 채로 성큼성큼 축사를 빠져나갔다.

"저, 저기요……!"

"…같이 밥이나 먹자고."

맛난 데 찾아댕긴다믄서. 앞만 쳐다보며 무뚝뚝하게 말하는 그 사람의 귀가 새빨개져 있어서, 왠지 내 가슴이 다 두근거렸다.

에……. 어떡하지……?

두근거리는 가슴이 진정되질 않았다. 이대로 이 남자를 따라가도 되는 걸까?

하지만… 원래 맛있는 식당은 그 지역 사람들한테 물어보라고 하잖아. 일단 가보자. 그렇게 나를 다독이며 앞서 걷는 남자의 뒤를 따라갔다.

그 사람은 차를 몰고 산 중턱에 자리 잡은 작은 징기스칸 가게로 날 안내했다.

"우왓, 맛있어—! 말도 안 돼! 이런 게 있었어?!"

육즙이 뚝뚝 떨어지는 신선한 양고기 맛에 이성을 잃은 나는 아까의 두근거림은 금방 잊어버렸다.

쉴 새 없이 입을 오물거리는 날 보면서 그 사람은 빙긋 웃기만 했다.

왜지? 왜 그런 눈으로 보는 거지?

마음속에 자꾸 어수선한 바람이 불었다.

일부러 쩝쩝대며 먹었다.

일부러 목청이 보이도록 크게 웃었다.

이러면 여자로서 매력적이지 않다는 거 나도 잘 안다.

그러니까 아무도 안 쳐다보는 거겠지.

하지만 조신하게 구는 것도 별로 안 어울리고…….

"워뗘. 맛있어 디져불제?"

"응! 맛있어 디져부러요!"

내가 사투리로 맞장구치자 그 사람은 재미있다는 듯 크게 웃었다. 그리고는 담배에 불을 붙이고 또다시 나를 지그시 바라봤다.

그런 눈빛으로 쳐다보지 말았으면.

나는 왠지 간질간질한 기분에 몸을 움츠렸다.

헝클어진 갈색 머리칼은 귀여운데, 흙투성이인 작업복에서는 강한 남자 냄새가 풍겼다…….

식사가 끝난 후 그 사람은 출장비 처리하겠다고 우기는 날 가볍게 밀어내고 계산을 마쳤다.

"쪼까 걷더라고."

그가 무뚝뚝하게 한마디 내뱉더니 내 어깨에 손을 둘렀다. 내 귓불이 달아오르는 게 느껴졌다.

"저기요……."

"히나타 소타(日向草太). 내 이름이여."

히나타 소타 씨…….

왠지 그 사람과 어울리는 이름이었다.

난처했지만 어쩔 수 없이 잠자코 소타 씨를 따라 걸었다.

오 분 정도 걸었을까?

갑자기 눈앞이 탁 트이며 커다란 호수가 나타났다.

"와아……!"

"시코츠(支笏) 호수여."

햇빛을 반사하면서 반짝반짝 빛나는, 그림책에나 나올 것 같은 파란 호수.

눈을 동그랗게 뜨고 감탄하는 나에게 소타 씨가 말했다.

"그짝은 운이 좋은가벼. 오늘은 으째 더 이쁘구먼."

"아름다워요……."

홋카이도는 정말 아름답고 웅장한 자연을 가졌구나……. 보고 있는 것만으로도 마음이 가득 차는 듯한, 그런 풍요로움을 느꼈다.

"고마워요, 소타 씨."

날 여기로 데려와 줘서. 감격에 겨워 그렇게 중얼거리는 내 어깨를 소타 씨가 강하게 감싸 안았다.

"그짝은 이름이 뭐여?"

왠지 대답하면 안 될 것 같아서 난 고개를 푹 수그렸다.

오늘이 지나면 다시 안 볼 사람이긴 하지만, 지금 이건, 왠지 좀…….

"…난감한 질문을 한갑네."

소타 씨의 목소리에 쓸쓸함이 묻어났다.

어떡하지……? 마음 한구석이 짠해졌다. 고민 끝에 나는 결국 대답을 했다.

"모리타 아스카, 라고 해요……."

"아스카."

소타 씨가 부드럽게 미소 지었다. 머리를 쓰다듬는 소타 씨의 손길에 다시 한 번 몸이 움츠러들었다.

아아, 정말이지, 이런 달달한 손길은 익숙하지 않은 데……

하지만 소타 씨 역시 이런 일은 전혀 익숙하지 않은 것 같았다.

새빨개진 얼굴로 가만히 쳐다보는 눈빛에는 긴장한 기색이 역력했다……

바람이 불어오자 우리는 서로의 얼굴을 마주봤다.

가슴이 두근거렸다. 어떡하지……. 쓸데없는 감상에 빠지면 안 되는데……

정신 차려! 우린 오늘 처음 만났을 뿐이야. 아무 관계도 아니야……

그렇게 생각하면서도.

"……!"

어느 쪽에서 먼저 입을 맞췄는지는 기억나지 않는다.

아마 소타 씨였던 것 같다.

강하게 끌어안는 손길에 실려 오는 흙내음.

난 눈을 감고 고개를 들어 그의 입술을 받아들였다.

내 어깨를 나무 기둥으로 바싹 밀어붙이고, 소타 씨는 내 혀를 강하게 빨아들였다.

난 소타 씨의 작업복 가슴팍에 매달린 채 정신없이 그의 혀를 받아 삼켰다.

두 사람의 혀가 얽혀드는 소리가 고막을 자극하자, 한순간에 정신이 아득해졌다.

소타 씨가 천천히 작업복 지퍼를 열었다.

갈라진 틈으로 나를 갈구하는 그의 물건이 모습을 드러냈다.

"…만져줄랑가."

아아, 따뜻해……

엄지와 검지로 그 뿌리를 쥐어봤다. 크고, 단단하고… 그리고 무척 뜨거웠다…….

"쪼매 더 세게……."

소타 씨가 낮고 갈라진 목소리로 속삭였다. 난 시키는 대로 그의 물건을 꼭 쥐고 뿌리부터 끝까지 몇 번이고 훑어 내렸다.

엄청나게 큰 그의 분신은 금방이라도 욕망을 쏟아낼 듯 팽팽하게 달아올라 있었다. 그 감촉에 왠지 나의 그곳도 뜨거워졌다. 저절로 달콤한 신음이 새어 나왔다.

그동안 소타 씨는 거친 숨을 내쉬며 내게 수도 없이 키스를 퍼부었고, 양손으로 가슴을 움켜쥐고 부드럽게 애무했다.

그리고는 원피스 속으로 손을 집어넣어 팬티를 벗기려고 했다. 그러나 서투른 손길에 팬티가 잘 벗겨지지 않자, 애가 타는 듯 부탁했다.

"미안헌디 이것 좀……."

나는 너무 부끄러웠지만, 내 손으로 순순히 팬티를 내렸
다.

소타 씨가 풀밭 위에 눕더니 위에 앉으라고 했다.

작업복을 뚫고 불룩 솟아오른 그의 분신 위로.

"누가 오면 어떡해요……?"

"안 오니께, 얼릉……!"

나는 다리를 벌려서 그의 몸 위에 걸터앉았다.

손으로 그의 물건을 쥐고, 각도를 조절해서 단단하게 솟아
오른 끝을 젖은 계곡의 입구에 맞췄다.

"으응…… 아하……!"

그의 커다란 물건이 내 몸속으로 비집고 들어오는 감촉에,
나는 등줄기를 젖히며 몸을 떨었다.

"아아…… 아스카……!"

소타 씨는 황홀한 듯 달콤한 신음을 흘렸다.

나는… 기분이 좋다기보다, 아랫도리를 가득 메운 그것 때
문에 조금 괴로웠다…….

부끄럽지만 무척 오랜만이었다.

그래. 학창시절 이후 처음… 이었던 것 같다…….

어깨를 들썩이며 괴로운 신음을 내뱉는 나를 소타 씨가 걱
정스런 눈으로 올려다봤다.

"괘안은가?"

"네……?"

"시방… 아픈 사람 맹키로……."

아아…….

하아, 하아, 거칠게 숨을 몰아쉬면서 나는 부드러운 미소와 함께 그를 내려다봤다.

"괜안, 아요……. 조금 버거워서 그래……."

너무 커서……. 하지만 괜찮아요.

나는 몸속으로 들어온 그것의 느낌이 익숙해지기를 기다렸다가 앞뒤로 허리를 흔들었다.

"으응…… 아! 아윽…… 아아아……!!"

소리를 내는 게 창피했지만 아무리 참아도 저절로 신음이 터져 나왔다.

찌걱찌걱. 젖은 소리가 수풀 사이로 울리자, 뭔가 해서는 안 될 짓을 하고 있는 듯한 느낌이 들었다.

흥분을 참을 수가 없었던 난 소타 씨의 가슴팍에 손을 얹은 채 몇 번이고 허리를 놀려 내 몸속 깊은 곳까지 그의 분신을 밀어 넣었다.

아아. 이런 적이 없었는데.

이런 적은 없었지만, 어렴풋이 눈을 떠보니 푸른 나무가 울창하게 늘어서 있는 주변의 광경이 마치 꿈을 꾸고 있는 것 같았다. 그래서 더더욱 대담해졌다…….

"아아……! 아학…… 아아학……! 아…… 후아…… 아아…… 윽……!!"

아래에서 거칠게 밀어붙이는 그의 분신을 못 이긴 나는 소타 씨의 두터운 가슴팍 위로 쓰러졌다.

소타 씨는 나를 꼭 안은 채로, 커도 너무 큰 그의 물건을 사정없이 밀어 넣었다.

'아아……! 뜨거워! 소타 씨, 너무 뜨거워요……!'

움직이지 못하도록 양손으로 허리를 잡힌 채 천천히, 그리고 깊숙이 그의 물건을 받아들일 때는 어쩐지 능욕당하는 기분마저 들었다.

나 지금 능욕당하고 있어…….

이렇게 아름다운 풍경 속에서…….

나도 모르게 두 손으로 아랫배를 쓸어 올렸다.

이럴 수가! 이렇게 깊이 받아들이다니.

그것도 오늘 처음 만난 사람을…….

정말… 괜찮은 걸까요?

이런 짓을 저질러도 되는 걸까요?

귓가에 어렴풋이 아오야마 편집장님의 목소리가 들려왔다.

「뭐든 먹어보고 배로 생각해 봐.」

아아, 편집장님…….

그 서늘한 눈동자가 떠올랐다. 언제나 이지적으로 빛나는 편집장님의 뜨거운 눈빛.

죄송해요, 편집장님.

하지만 저 지금… 너무, 너무너무 기분이 좋아요…….

이제 도쿄에는 안 돌아갈지도 몰라요…….

＊　　　＊　　　＊

"앗, 안 돼요……! 소타 씨……! 제대로 털게를 먹어보고 가지 않으면 나 혼난다니까… 앗……!"

"방금 먹었잖여. 응?"

놀리듯 나를 바닥으로 쓰러뜨리는 소타 씨. 내 심장은 다시 두근거리기 시작했다…….

"…아, 안 돼요……. 시중드는 분이라도 들어오면 어쩌려고……."

"오라믄 오라제."

소타 씨는 거침없이 말하며 내 목덜미를 탐하기 시작했다.

나는 지금 소타 씨와 함께 노보리베츠(登別)의 온천 료칸에 와 있다.

시중의 레스토랑보다 더 좋은 털게를 맛볼 수 있다면서 소타 씨가 차로 데리고 와주었다.

엄청 크고 훌륭한 시설에 들떠서 재잘거리는 내 어깨를 감싸안으며, 소타 씨가 다시 해바라기처럼 싱긋 웃었다.

"노보리베츠는 온천 백화점이라고도 부른당께."

"백화점?"

"여그 온천 수질이 아홉 종류나 된디야."

우와~ 대단하다!

이 료칸에는 살짝 푸른 기가 도는 유백색의 라듐광천과, 신기하게도 불그스름한 색을 띠는 함철온천이 있었다.

느긋한 기분으로 온천욕을 즐기고 나오니 소타 씨가 방에서 기다리고 있었다.

앗! 가운 차림도 멋있어······.

고동소리가 살짝 커지는 게 느껴졌다.

"워떠. 시원허제?"

"네······."

설마 이런 데까지 데리고 와줄 줄은 몰랐다.

볼일 보고 나면 바로 손 흔들고 헤어질 줄 알았는데······. 무뚝뚝하지만 상냥한 사람이다, 소타 씨는.

방에 털게 요리가 차려지자 소타 씨는 딱딱한 게 껍질을 쪼개서 먹기 좋게 만들어줬다.

그 새하얀 살을 한 점 맛보고는, 나는 또 다시 눈을 동그랗게 뜨면서 외쳤다.

"앗, 맛있어~!!"

뭐야, 이거?! 우와— 어쩜 이렇게 맛있어?!

허겁지겁 음식을 먹기 시작하는 나를 보면서 소타 씨는 만족스러운 듯 고개를 끄덕였다.

"하기사, 게 하믄 홋카이도 털게가 최고니께."

"으음······. 하지만 마츠바 게도 만만치 않을 것 같은데요?"

"아니여! 털게가 최고여!"

버럭 성질을 내는 모습도 귀여웠다.

담백한 살은 충분히 먹었으니 이번에는 고소한 내장을⋯
하고 젓가락을 뻗으려는데 마주앉아 있던 소타 씨가 갑자기
벌떡 일어섰다.

"안 되겠어!"

"엣? 자, 잠깐만요⋯⋯!"

나를 거칠게 바닥으로 쓰러뜨리는 소타 씨.

"앗, 안 돼요⋯⋯! 나 아직 다 안 먹었는데⋯."

"방금 먹었잖여. 응?"

"아니에요! 안 돼요! 아직 내장은 맛도 못 봤단 말이에
요⋯⋯! 편집장님이 여름에는 내장이 맛있다고 했단 말이에
요!"

'안 먹고 가면 화내실 거예요—!' 라고 발버둥 치며 안달하
는 나를 보더니 소타 씨는 못 말리겠다는 듯 쓴웃음을 지었
다.

그리고는 테이블로 팔을 뻗더니 게 껍질 속에 있는 내장을
손가락으로 꾹 찍었다.

"자!"

그렇게 말하면서 내 입가에 내장이 묻은 손가락을 내밀었
다.

엉큼하기는⋯⋯.

나는 입을 삐죽거리면서도 조금 두근거리는 마음으로 그
손가락을 살짝 핥았다.

"맛있어?"

"네……."

소타 씨는 내가 사랑스러워 죽겠다는 듯 미소 띤 눈을 가늘게 뜨더니, 몇 번이고 손가락으로 게장을 찍어 내게 먹여줬다.

"인자 에지간히 먹었제?"

"네……."

소타 씨는 내가 핥고 있던 손가락을 쪼옥, 소리를 내며 빨더니 '으음. 맛나구먼' 하고 웃었다. 그리고는 내 턱을 당겨 위로 향하게 했다.

"으응……."

길고 긴 키스.

냄새가 남아 있으면 어떡하나 조금 부끄러웠지만, 어쩌면 세상에서 제일 맛있는 키스일지도 모를 것이다.

말하자면 홋카이도맛 키스?

이런 생각을 떠올리며 숨을 쉬는 사이 피식 웃음을 터뜨리는 나를 소타 씨가 가만히 쳐다봤다.

"참말로 이뻐……."

진심이 가득 담긴 부드러운 목소리. 왠지 마음이 저려서 나도 모르게 눈물을 글썽이며 그의 목덜미를 끌어안았다.

"소타 씨……."

"아아. 더는 못 참겠어……."

소타 씨가 나를 다시 바닥으로 쓰러뜨렸지만, 나는 더 이상 저항하지 않았다.

"불, 꺼줘요……."

"아니여. 그짝이 좋아하는 모습을 보고 싶응께……."

소타 씨가 거친 손놀림으로 가슴을 풀어헤쳤다.

환한 불빛 아래 맨가슴이 드러나자 나는 너무 부끄러워 양손으로 얼굴을 감쌌다.

소타 씨는 뜨거운 숨을 몰아쉬며 내 가슴을 쥐고 입을 맞췄다.

"으윽! 아…… 흐윽……!"

갑자기 소타 씨가 유두를 강하게 빨았다.

잠깐 리듬을 늦춘다 싶더니, 이번에는 흥분으로 꼿꼿하게 솟아오른 그곳을 할짝할짝 핥았다. 나는 필사적으로 신음을 참았다.

아아…… 소리 내면 안 돼! 직원들이 들으면 어떡해…….

그렇게 생각하면서도 내 아랫도리는 조금씩 젖어들어 갔다…….

"으으…… 크…… 흐윽……!"

그 큰 손으로 내 가슴을 쥐더니 정신없이 물고 빠는 소타 씨.

서투른 손길이었다. 하지만 얼마나 날 간절히 원하는지 솔직하게 전달돼서 오히려 난 엄청 흥분해 버렸다.

저릿저릿한 쾌감이 유두에서 허리께까지 이어졌다…….

더 이상 참을 수가 없어진 나는 손가락으로 그의 머리칼을 어루만지며 가만히 이름을 중얼거렸다.

"소타 씨……."

날 올려다보는 그의 눈동자가 뜨겁게 젖어 있었다.

아아, 정말이지…….

왜 그런 눈으로 바라보는 거죠……?

소타 씨는 견디기 힘든 듯 얼굴을 일그러뜨리더니, 갑자기 몸을 일으켜 내 다리를 잡았다. 저항할 틈도 주지 않고 다리를 접어 구부리는 것에 난 당황해서 몸을 비틀었다.

엣, 아직 안 되는데…….

아직 거기까지는 무리…… 아학……!

"아…… 아아아윽……!"

그의 분신이 거칠게 밀고 들어오는 충격에 이를 꽉 물고 버렸다.

"으으응……! 아학……!"

금세 깊은 곳까지 쑥 파고든 그의 분신. 아아, 이럴 수가……! 둥그런 불구슬이 들어온 것 같아……!

몸을 떨며 신음하는 내 귓가로 소타 씨의 뜨거운 한숨이 들려왔다.

"아아…… 따뜻하구먼……."

소타 씨는 순간적으로 참기 어렵다는 듯 눈을 질끈 감으면서 그렇게 중얼거렸다. 그리고는 다정하게 내 뺨을 어루만지며,

"아스카. 괜찮겠어?"

라고 물었다.

"쪼까 움직여도 괜안겄어……?"

아아……! 가슴에 뜨거운 무언가가 울컥 치밀었다.

지금껏 이런 말을 해준 남자는 처음이었다.

부끄러워 죽을 것 같았지만 살짝 고개를 끄덕이니, 소타 씨는 내 다리를 어깨에 걸치고 천천히 움직이기 시작했다.

"흐아아아아…… 크…… 으윽……!!"

뜨거운 소타 씨의 분신이 내 몸속을 수도 없이 드나들었다.

아앗, 대단해……!

방문 너머 복도에서 바삐 움직이는 직원들의 발걸음 소리와 상을 차리는 소리가 들렸다.

나는 필사적으로 가운의 소매를 물고 소리를 내지 않으려고 참았다.

그의 숨이 거칠어질수록 움직임이 점점 빨라졌다.

"으윽…… 크…… 하아윽……!"

내 은밀한 곳을 뒤흔드는 감각에 필사적으로 고개를 흔들며 참았다.

하지만 그의 분신은 점점 더 깊은 곳까지 파고들었다…….

흥분한 소타 씨가 내 가슴을 거칠게 거머쥐었다. 내 다리 사이로는 뜨거운 그의 물건을 거침없이 밀어 넣었다.

아……!!!

목구멍 아래까지 차오르는 비명을 필사적으로 참았다.

아아…… 대단해요 소타 씨……!

믿을 수 없을 만큼 대단해요……!

눈을 뜨자 소타 씨가 창가에서 멍하니 달을 바라보고 있었다.

왜 그래요……?

어쩐지 쓸쓸한 모습에 안쓰러운 마음이 든 나는 몸을 일으키다가 아야야야…… 하고 신음하며 허리를 잡았다.

아아, 허리가 아팠다. 허리뿐만이 아니라 온몸이 쑤셨다.

무리도 아니다.

그다음에, 대절한 온천탕 안에서도 소타 씨에게 안겼고,

방에 돌아와서 또, 나란히 깔려 있는 이불 위에서 정신없이 몸을 섞었으니…….

이렇게 격렬한 섹스는 정말 오랜만이었다.

아니, 처음이었던 것 같기도 하다.

몸은 욱신거렸지만 마음은 은근히 행복했다.

겨우 몸을 일으키자 소타 씨가 나를 돌아보며 미소 지었다.

"먹어볼텨?"

맥주를 마시면서 곁들이던 안주를 내밀었다.

이게 뭐야?

훈제 오징어도 아니고,

육포도 아니고…….

"'토바'여."

"토바?"

"훈제 연어. 홋카이도 명물이랑께."

별 생각 없이 한입 먹어보고 나는 다시 환성을 질렀다.

"우와!"

맛있어!!

풍미가 강하고 짭짤해서 시원한 맥주랑 잘 어울려~!

하하, 하고 소타 씨가 웃었다.

"먹을 거 엥간이 좋아하는구먼"

"푸드 저널리스트니까요."

아직 햇병아리 기자지만.

얼른 가방에서 수첩을 꺼내 감상을 메모했다.

음~ '토바'는 훈제 연어, 홋카이도 명물, 완전 맛있음, 그리고 또…….

그런 나를 물끄러미 쳐다보던 소타 씨가 문득 말했다.

"홋카이도에 살 맴은 없는가?"

엣?

깜짝 놀라 수첩에서 고개를 들어 소타 씨를 쳐다봤다.

"하하. 무리겠제."

소타 씨가 담담하게 미소 지었다. 달빛에 뺨을 비추며, 조금 서글프게…….

안타까운 마음에 가슴이 쪼그라드는 것처럼 고통스러웠다.

어떡하지……?

이럴 땐 어떡하면 좋지……?

생각할 것도 없다는 듯, 소타 씨는 웃으면서 손을 내저었다.

"됐당께. 나한테 시집오믄 고생 바가지여~"

평생 소 뒤치다꺼리나 하다가 인생 종칠 거라며 너스레를 떨었다.

그 모습이 왠지 더 슬프게 느껴졌다.

"지금 하는 일이 싫어요?"

"왜 싫어!"

소타 씨가 단호하게 대답했다.

"나야 소가 좋지. 천직이여. 하지만 그짝한테는 무리 아니겄어?"

나는 난감한 마음에 고개를 수그렸다.

글쎄…… 어떨까? 모르겠어…….

"신경 쓸 것 없당께. 그짝은 먹는 일이 젤로 잘 맞는 것 같으니께."

그렇게 말하면서 소타 씨는 '자' 하고 토바를 내밀었다. 그것을 앙 깨물며 난 생각했다.

아아, 난 소타 씨가 좋아.

이런 사람 다시는 못 만날 것 같아.

이대로 돌아가고 싶지 않은 마음도 있어.

하지만…….

편집장님의 얼굴을 떠올렸다.

그리고 마감 직전 전쟁터같이 소란스러운 편집부의 열기와, 여기저기서 우물거리는 맛있는 음식들.

그 감동을 어떻게 글로 전할지 컴퓨터 앞에서 고민하는 나날…….

미안해요, 소타 씨…….

난 가만히 그의 가운으로 손을 뻗었다.

그리고 가만히 그를 끌어당겨 입을 맞췄다.

당신을 이렇게나 많이 좋아한다고 전하고 싶었다…….

"나, 나야 좋지만서도……."

잠깐 멈칫하던 소타 씨는 이내 다정하게 내 손을 잡아 이끌어 나를 창가에 앉혔다.

"괘안을랑가?"

그리고는 내 다리 사이에서 달콤하게 미소 지었다.

그가 손가락으로 내 꽃잎을 벌리고, 꽃잎 사이로 입술을 가져가 투명한 꿀을 빨듯이 은밀한 그곳을 애무했다.

"후아…… 으응…… 소타 씨……."

따뜻한 혀가 부드러운 점막을 쉬지 않고 어루만졌다. 단단하게 솟아오른 꽃봉오리를 간질일 때마다 등줄기를 타고 전율이 돋았다.

"소타 씨…… 아……!"

좋아해요……. 나 자신도 믿을 수 없게도, 정말 좋아해요…….

다정한 소타 씨의 혀가 예민한 부분을 빙글빙글 핥자 난 싱거울 정도로 간단하게 절정으로 치달았다.

"아… 아아아아아……!"

도망치려는 허리를 단단히 붙들고 나의 은밀한 그곳을 구석구석 핥는 소타 씨. 나는 격정을 못 이기고 그의 머리칼을 부여잡았다.

그 순간 소타 씨가 손가락을 쿡 찔러 넣는 바람에 나는 소스라치게 놀라며 허리를 활처럼 휘었다.

"아흐아아아아악……!!!"

이내 비명을 지르며 바닥으로 무너져 내렸다. 소타 씨가 바닥에 쓰러진 채 몸을 떨며 가쁜 숨을 내쉬는 나를 내려다봤다. 그리고 왠지 애절한 목소리로 말했다.

"뒤에서 해도 되겠는가?"

아아……. 나는 질끈 눈을 감았다.

좋아요.

당신이 그렇게 하고 싶다면…….

겨우 몸을 일으켜 고양이 같은 포즈로 엎드린 내 뒤로 소타 씨가 덮쳐왔다.

"아! 소타 씨! 아학, 우…… 아앙……!!!!!"

더 이상 참지 못하고 목구멍 밖으로 터져 나오는 높은 비명.

그의 물건이 내 가장 깊은 곳, 그의 물건이 아니면 절대로 닿을 수 없는 곳을 범하고 있었다.

"아아! 소타 씨! 소타… 소타 씨… 아아아앙……!"

한 마리 맹수처럼 사납게 내 몸속을 휘젓는 소타 씨의 밑에서, 나는 아찔한 쾌감에 몸을 떨며 울고 있었다.

지금 이 순간,

나는 온전히 그의 것이 되었다.

그만의 내가 되었다.

난 아마 평생 이 밤을 잊지 못할 것이다.

평생, 잊지 못할 것이다.

안 잊을게요, 소타 씨…….

　　　　　*　　　　*　　　　*

신치토세 공항까지 배웅 나온 소타 씨는 조금 무뚝뚝하게 내 머리칼을 어루만졌다.

"잘 가더라고……."

난 소타 씨의 가슴에 안긴 채 수도 없이 키스를 퍼부으며, 절대로 잊지 않겠다고 다시 한 번 다짐했다.

탑승 안내 방송이 나오자 그는 눈물이 멈추지 않는 날 천천히 떼어놓더니 작은 종이봉투를 내밀었다.

"먹을 만할겨."

그건 연어알과 게살이 듬뿍 담긴 홋카이도 공항의 인기 도시락이었다.

소타 씨는 마지막까지 친절했다.

나는 개찰구를 향하면서 몇 번이고 소타 씨를 돌아보며 손을 흔들었다.

그때마다 그는 해바라기 같은 미소를 지어 보이며 말했다.

"어여 들어가. 또 오더라고!"

응. 또 올게요. 제대로 된 기자가 돼서 꼭 다시 홋카이도에 올게요!

"아, 맛있어……."

자리에 앉은 나는 쉴 새 없이 눈물을 흘리며 도시락을 와구와구 먹었다.

이 맛도 분명히 잊지 못할 것이다.

아아— 이 일, 왠지 엄청 애달프네요, 편집장님…….

〈오키나와〉
자유로운 영혼의 짐승남 가이드

아무리 그래도 그렇지.

정말이지, 여행지에서만 인기 있다니 너무한 거 아닌가?

*   *   *

"어이, 돼지!"

뒤에서 다가오던 편집장님이 둥글게 말린 서류로 내 머리

를 가볍게 톡 내려쳤다.

"아이 참, 뭐예요—!"

아프진 않았지만 그 이상으로 기분이 상했다.

나는 뾰로통한 얼굴로 편집장님을 째려봤다. 돼지가 뭐냐

고, 돼지가!!

"솔직히 말해봐. 너 홋카이도에 갔다 와서 살쪘지?"

"안 쪘어요!"

오히려 말랐단 말이에요.

애달픈 사랑 때문에.

발끈하면서 외쳤지만 이내 그를 떠올리자 가슴 한켠이 아려왔다.

아아, 소타 씨……. 그의 상쾌한 미소가, 헤어질 때 보여준 서글픈 미소가 절로 떠오른다.

멍하니 허공을 바라보며 한숨짓는 나에게 언제나처럼 차가운 목소리가 날아들었다.

"저런. 배탈이라도 났나 보지?"

"아니라니까요!"

버럭 성질을 내는 내 옆으로 동기인 카와무라 레오(河村レオ)가 지나갔다.

"어이, 아스카. 요새 좀 부은 것 같다?"

부, 부어……?!

기가 막혀 말을 잇지 못하는 내 옆에서 편집장님이 어깨를 으쓱했다.

"홋카이도에서 얼마나 먹어댔는지 살쪘어, 이 녀석."

"아아— 그래서 눈까지 잔뜩 부었구나."

아아아니이이이이라아아아고—!!!

눈이 부은 건 매일 밤 소타 씨를 그리며 울어서 그런 거라고!

홋카이도에서 나는 연애를!!

연애를 했단 말이다!!!

하지만 직장에서 그런 말까지 할 수는 없기에, 나는 어쩔 줄 모르고 발만 동동 굴렀다.

"우앗! 바닥이 쿵쿵 울려!"

"그만해 줄래? 지진 난 줄 알겠다."

분하다! 도쿄 남자들은 어쩜 이렇게 하나같이 차가운지!

아아, 역시 난 홋카이도로…….

그렇게 생각하며 슬퍼하고 있을 때, 편집장님이 돌돌 만 채 손에 들고 있던 서류를 펼쳤다.

거기에 적혀 있는 건,

『오키나와 소바 여행』

헉! 이거 혹시 기획안……?

그 유명하다는 오키나와의 소바를 주재로 한 기획안이었던 것이다!

단숨에 우울했던 기분이 날아갔다. 홋카이도에서 먹은 털게도 당연히 맛있었지만, 오키나와에서 먹는 소바도 분명 맛있을 테니까!

나랑 같이 기획안을 훔쳐본 레오의 눈이 빛났다.

"오호! 이거 재미있겠다! 편집장님, 이거 제가 가도 돼요?!"

"제가 갈게요!"

나는 재빨리 서류를 잡아챘다. 레오가 뾰로통한 얼굴로 입을 삐죽 내밀었다.

"뭐야. 남친도 없는 건어물녀 주제에!"

"그게 무슨 상관? 그쪽이 너무 헤픈 거겠지! 좀 반반하게 생겼다고 어찌나 들이대고 다니는지……."

"아— 시끄러워. 둘 다 그만."

편집장님이 눈썹을 찌푸렸다. 우리 두 사람은 늘 이렇게 마주치기만 하면 기를 쓰고 서로 이기려 들기 때문에, 중간에 누가 중재해 주지 않으면 퇴근 때까지 얼굴을 붉히기도 한다.

오늘은 편집장님이 그 중재역이었다.

"됐으니까 이번엔 아스카가 가."

얏호! 역시 편집장님 안목은 탁월해.

"오키나와라도 가면 기분이 좀 풀리겠지."

에? 난 눈을 동그랗게 떴다.

설마 편집장님이…… 내가 계속 시무룩해 있던 걸 신경 쓰고 계셨나……?

길게 찢어진 눈이 안경 너머로 다정하게 미소 지었다.

"좋은 경험 쌓고 와."

*　　　　*　　　　*

"얼른 오세요 가이드 씨~"

외딴섬 선착장에서 나는 뜨겁게 내리쬐는 남국의 태양을 원망스러운 듯 올려다봤다.

이런 뜨거운 태양 밑에서 오키나와를 안내해 줄 가이드가 도착할 때까지 기다려야 하다니.

사실 가이드 잘못은 아니다.

내가 실수로 예약한 것보다 빠른 배를 타고 들어온 것이다.

약속시간까지는 삼십 분 정도가 남았다. 난 일단 쉴 곳을 찾아 주변을 둘러보았다.

그러나 남국의 외딴섬답게 눈앞에 아름다운 에메랄드빛 바다가 펼쳐져 있긴 하지만, 카페같이 앉아서 쉴 수 있는 공간은 전혀 보이지 않았다.

"아아, 어떡하지……."

난감한 마음에 좀 더 주변을 두리번거려 보니, 바로 앞에 녹음이 우거진 산책로가 보였다. 저쪽으로 가면 다행히도 벤치가 있을 것 같다.

벤치에 앉아서 기다리자고 생각하며 산책로 속으로 들어갔을 때, 수풀 속에서 갑자기 말도 안 되는 소리가 들려왔다.

"…응! 아…… 아학……!"

에……? 설마 이거…….

나는 깜짝 놀라 걸음을 멈췄다.

그러면 안 될 것 같았지만 호기심을 이기지 못하고, 살그머니 나뭇잎을 젖히고 도대체 무슨 상황인지 엿봤더니…….

역시……!

얼굴이 화끈 달아올랐다.

저 사람들 뭐야? 훤한 대낮에 사람들 다니는 데에서!

하지만 왠지 대단하다…….

나는 침을 꿀꺽 삼키고 조용히 숨을 죽였다.

이런 걸 훔쳐보면 안 된다고 생각했지만, 너무 놀라워서 시선을 거둘 수가 없었다.

연인 사이인 걸까. 남자가 여자의 허리를 잡고 여자를 여유롭게 내려다보며 자신의 물건을 우악스럽게 여자의 몸속으로 집어넣고 있었다.

그때마다 여자가 세차게 머리를 흔들며 괴로운 신음을 내뱉었다.

"아아……! 아… 우…… 아아학……! 아…… 너, 너무…커……!"

크구나.

나도 모르게 눈이 그곳으로 향했다.

잘 보이지 않지만 여자의 다리 사이로 언뜻언뜻 내비치는 검붉은 그것은 확실히 꽤 존재감이 있었고, 그녀의 샘물에 젖어 번들번들 빛을 내고 있었다.

우왓! 너무 야해……!

문득 소타 씨가 뒤에서 덮쳐오던 그날 밤이 떠오르자 아랫도리에 열이 올랐다.

그래. 그날 밤 우리도 그랬지. 뜨겁게 젖은 나의 그곳으로 그 사람의 뜨거운 물건이 수도 없이 드나들었었지. 엄청났어. 그날의 소타 씨…….

아아…….

나도 모르게 가슴으로 손을 가져갔다.

아아, 어느새 유두가 단단하게 서 있었다…….

전혀 예상치 못한 곳에서 만난 음란한 장면에 당황스러움도 잊고 말았다.

손가락으로 스커트를 살짝 들춰 그곳을 살짝 간질이니 짜릿한 전기가 흘렀다.

"하아……!"

저절로 달콤한 신음을 내뱉던 찰나, 눈앞의 남자가 갑자기 고개를 쳐들었다.

앗, 안 돼! 얼른 수풀 속으로 몸을 숨겼지만 이미 늦은 것 같았다. 남자와 눈이 딱 마주친 것이다.

그 자리에 굳어버린 나를 보자 남자는 눈부시게 하얀 이빨을 드러내며 씨익 웃었다.

나한테 들킨 줄 알면서도 남자는 하던 일을 멈추지 않았다.

여자의 엉덩이 사이로 손을 집어넣은 채 더욱 거세게 허리를 놀렸다. 찌걱찌걱. 외설스러운 소리가 수풀 사이로 더욱 크게 울려 퍼졌다.

"아아윽! 아아아아!! 아아, 류마(琉眞), 류마! 좋아해……!"

"쉿. 누가 들을라."

그렇게 말하면서도 남자는 여자의 반응이 재미있어 죽겠다는 듯 커다란 물건을 휘저어 여자를 자지러지게 했다.

남자의 허리놀림이 더더욱 빨라지자 여자는 수풀에 나뒹구는 것처럼 머리칼을 흐트러뜨리고 초점 없는 눈으로 '좋아해……! 류마!! 좋아해……!!' 라는 말만 반복할 뿐이었다.

남자가 웃으며 여자를 내려다봤다.

"그렇게 좋아?"

"좋아해……! 류마, 좋아해……! 으응……! 하으… 아, 그, 그만… 이제……! 아, 아아아아아악……!"

풀을 쥐어뜯으며 신음하던 여자가 등을 동그랗게 말고 부들부들 떨기 시작했다.

그리고 남자가 그의 물건을 한 번 더 여자의 몸속 깊숙이 밀어 넣은 순간,

"…아으으으으흑……!!"

여자는 한층 더 높은 목소리로 비명을 지르더니 이내 땅으로 풀썩 무너져 내렸다.

그녀의 은밀한 곳에서 끝도 없이 긴 남자의 물건이 미끈하게 빠져나왔다. 나도 모르게 비명이 터져 나오려는 것을 황급히 양손으로 막았다.

…자, 장난 아니게 커……!

커다란 바나나같이 위풍당당하게 솟아오른 그것을 쥐고, 남자는 불만스러운 듯 입을 삐죽거렸다.

"난 아직 멀었다고."

아직 안 끝났다고?

장난 아니야! 그렇게 정신없이 움직여 놓고…….

"어이."

남자가 여자 앞으로 가 섰다.

가쁜 숨을 몰아쉬며 쓰러져 있던 여자가 비틀비틀 몸을 일으켰다. 그리고 긴 머리칼을 쓸어 올리더니 남자의 허벅지 사이로 입을 가져갔다.

할짝할짝 소리를 내며 여자가 남자의 물건을 빨기 시작했다.

저럴 수가! 저렇게 맛있게!

황홀하게 혀를 움직여 그의 물건을 휘감는 여자의 표정이 무척 관능적이라, 나는 또 다시 얼굴을 붉혔다.

그 정도로 좋은 건가……? 솔직히 별로 그래본 적이 없어서 모르겠다.

남들이 하는 걸 본 적도 처음이었다.

여자는 불끈 솟아오른 남자의 물건을 구석구석 핥더니 크게 입을 벌리고 그 끝을 살짝 물었다.

그리고 손을 둥글게 말더니 맛있는 음식이라도 음미하듯 쪽쪽 소리를 내며 남자의 물건을 더욱 거세게 입에 담았다.

"아아……. 좋아…….."

남자가 혀를 날름 핥더니 두 손으로 여자의 머리를 쓰다듬었다.

"어이. 입 더 벌려……."

그렇게 명령하면서 여자의 목구멍 깊숙이 자신의 분신을 쿡 쑤셔 넣었다. 여자가 괴로운 듯 얼굴을 일그러뜨렸다.

"읍…… 크…… 으흡……."

"혀를 더 움직이라고."

어딘가 고압적인 남자의 태도가 맘에 안 들었다.

입안 가득 그의 물건을 머금은 여자는 괴로운 듯 눈을 질끈 감았다.

하지만 남자가 허리를 비틀며 재촉하자, 필사적으로 혀를 움직이기 시작했다.

"으…… 으으흡…… 으읍……."

내가 다 안타까울 정도로 힘들어 보였다. 언뜻 봐도 거대하기까지 한 남자의 물건을 저렇게 한 입에 다 삼키기는 분명 엄청나게 괴로울…… 응?

하지만 자세히 보니 여자의 볼이 튤립처럼 발갛게 물들어 있었고, 손가락은 자신의 검은 수풀 속을 휘젓고 있었다……!

"응… 흐… 으흡…… 으응……."

우와! 저 상태에서도 흥분을 하는구나. 둘 다 장난 아니야…….

하지만…… 저러면 엄청 기분 좋은 건가?

게슴츠레하게 뜬 눈꺼풀 속에 쾌락으로 촉촉이 젖어든 눈동자가 보였다.

나도 모르게 홀린 듯 손이 팬티 속으로 향했다…….

팬티 속은 이미 대홍수였다.

단순히 남이 하는 것을 보는 것만으로도 이렇게 젖어버리다니.

촉촉이 젖은 골짜기 사이로 미끄러져 들어간 손가락이 꽃잎 속 작은 돌기를 살짝 건드리자 등줄기까지 찌릿찌릿 전기가 올랐다.

무의식중에 우거진 수풀 속에 자리를 잡고 천천히 그곳을 문질렀다.

"으응…… 아……."

눈을 떠보자 남자가 다시 일을 벌이고 있었다.

남자의 물건이 여자의 다리 사이로 거침없이 밀고 들어가자, 여자가 까무러치듯 비명을 질렀다.

"아아아아아!! 류마… 아악……!!"

허공에 뜬 다리가 요염하게 버둥거렸다.

여자는 이미 제정신이 아닌 것 같았다.

지금 여기가 어디인지 의식조차 못하는 듯 자지러지게 비명을 내질렀다. 남자가 큰 손으로 여자의 입을 틀어막았다.

그러면서도 그의 아랫도리는 사방팔방에 외설적인 소리가 울려 퍼질 정도로 쉴 새 없이 거칠게 움직였다.

대, 대단해……!

나의 돌기도 이제 팽팽하게 달아올라, 조금만 건드려도 금방 터져 버릴 것 같았다.

안 돼, 이런 데에서…….

가슴을 꼭 쥐고 참았다.

그러나 욕망의 샘물은 다리 사이로 뚝뚝 흘러내리고 있었다……

그 둘도 드디어 절정을 맞는 것 같았다. 남자가 야수처럼 여자를 찍어 누르더니, 땀을 여기저기 흩뿌리며 허리를 세차게 놀리기 시작했다.

여자는 더 이상 목소리도 안 나오는지, 그저 얼굴을 일그러뜨린 채 몸을 활처럼 구부리기 시작했다.

대단해…… 정말 대단해……!

여자의 손이 남자의 단단한 팔뚝을 붙들었다.

그리고 더 이상 휠 수 없겠다 싶을 정도로 상체를 크게 구부리더니 남국의 태양 아래에서 부들부들 떨기 시작했다.

"응… 아… 아…… 아아…… 으아아아아앙……!!!"

'아… 아아아……!'

장렬함마저 느껴지는 절정이었다. 주변을 개의치 않고 절규하며 널브러진 여자 위에서, 남자도 괴로운 듯 눈썹을 찌푸리더니 단단하게 조여진 엉덩이를 다시 한 번 꽉 조였다.

나도 살짝 절정을 맞았다. 손으로 쓰다듬었을 뿐인데…… 낮은 고개를 넘듯 숨이 막혀왔다.

풀밭에 축 늘어진 여자는 아직도 움찔움찔 경련을 하며 거친 숨을 몰아쉬고 있었지만, 왠지 만족스러운 듯 미소를 띠고 있었다.

좋아하는 사람에게 마음껏 안겼으니 지금 엄청 행복할 거야. 그렇게 생각하자 가슴이 메어왔다.

왠지 그 모습이 부러웠다……

하지만 남자는 의외로 금방 여자에게서 몸을 떼더니, 반바지 주머니에서 작은 수건을 꺼내 번들번들하게 젖은 자신의 물건을 슥 닦았다. 그리고는 벌떡 일어섰다.

"또시 봅서."

남자가 그렇게 말하면서 여자한테 웃었다.

여자가 가늘게 눈을 뜨더니 웃으면서 힘없이 손을 흔들었다.

"또시 봅서……."

또시 봅서? 무슨 뜻이지?

멍하니 생각하던 다음 순간, 나는 깜짝 놀라 얼른 팬티에서 손을 뺐다.

남자가 수풀을 헤치고 불쑥 내 앞에 나타난 것이다!

"꺄앗!!"

나도 몰래 비명을 질렀다.

남자가 손가락을 입에 대며 쉿— 하고 소리를 내더니 씨익 웃었다.

그리고는 내 팔을 잡아끌었다.

"자, 잠깐만요……!!"

남자가 내 팔을 질질 끌면서 어딘가로 이끌기 시작했다. 나는 당황해서 그 팔을 뿌리치려고 애썼다.

"잠깐……! 하지 말라니까……!"

"왜? 잘도 아까브런. 내사 미쳐불게 해주크라."

아아! 무슨 말인지 하나도 못 알아듣겠어!!

더더욱 패닉에 빠진 나를 선착장 구석에 세워 둔 미니 밴으로 밀어 넣더니, 남자는 내 얼굴을 들여다봤다.

"예쁘게 생겼는데? 내가 뿅가게 해줄게, 라고 한 거야."

에엣?! 시, 싫어……!!!

그렇게 생각했을 때 난 이미 남자에게 떠밀려 의자 위로 쓰러져 있었다.

"계속 훔쳐보고 있었지?"

남자가 내 팬티를 내리면서 음흉하게 웃었다.

"하하. 벌써 다 젖었네!"

난 새빨개져서 옆으로 몸을 뒤틀었다. 남자의 손이 거침없이 그곳을 건드리는 바람에 나도 모르게 '아아……!' 하고 달콤한 신음을 흘렸다.

"아아……! 하, 하지 마……!"

"…무사, 부치럽수꽈?"

뭐야. 대체 뭐라고 하는 거야…… 아, 아학!

"…아아아아아악!!!"

단단하게 발기한 남자의 물건이 갑자기 내 그곳으로 쑥 들어오자 난 소스라치게 비명을 질렀다.

마치 커다란 뱀이 머리부터 스르륵 미끄러져 들어오는 것 같았다!

축축하게 젖은 은밀한 문을 뜨거운 열쇠로 툭 따고 들어온 남자.

"아, 안 돼! 아으윽……! 싫어!!!!"

남자의 허리가 들썩일 때마다 시뻘건 불꽃이 전신을 감싸는 것 같아서, 나는 몸을 비비 꼬면서 비명을 질러댔다. 이런 적은 처음이었다.

어떡해……! 어째서……?

어째서 이렇게 흥분이 되는 거지?!

남의 섹스를 훔쳐보면서 완전히 달아오른 몸이, 원하던 자극이 들어오자 멋대로 기뻐 날뛰고 있었다.

이런 거 싫은데.

난 소타 씨가 좋은데. 그런데도 난 왜 이렇게 흥분을 하는 걸까…….

"아흐으으응!! 앗! 아학, 아아아아아악……!!"

"귀엽네. 아스카 씨."

높고 낮게 움직이며 내 깊은 곳을 휘젓는 남자의 분신. 땀에 흠뻑 젖은 그가 씩 웃었다.

"어, 어떻게 내 이름을… 윽……!"

"카네시로(金城) 류마라고, 당신 가이드니까. 이틀 동안 잘 부탁합니다, 푸드 저널리스트 씨?"

오 마이 갓—!!!

이러면 곤란해! 이런 짓을 한 사람하고 같이 취재하러 돌아다닐 순 없어!!

어떡하지? 편집장님이 화내실 텐데… 아, 아아, 아아아앙……!

"아학! 그, 그만! 거, 거기는 제발……! 아, 아으아아
앙……!"

그러나… 결국 난 더 이상 저항도 하지 못하고 흐느끼고
말았다.

"우왓! 맛있어~! 고기가 살살 녹아요!"

정신이 확 들 정도로 맛있는 소키소바(돼지갈비를 고명으로
얹은 오키나와식 소바:역자 주)에 환성을 지르는 나를 보더니 주
인 할아버지가 빙그레 웃었다.

"곱닥헌 비바리가 그런 말 호난 좋쑤다양."

에? 뭐라고 하는 거야?

당황하는 내 어깨를 류마 씨가 허물없이 껴안았다.

"아스카 씨처럼 예쁜 아가씨가 그런 말을 하니까 좋다고."

그, 그렇구나.

나는 황급히 어깨에 두른 그의 손을 치웠다.

하지만 류마 씨는 여전히 싱글벙글. 정말 가벼운 사람이
다.

안내해 주는 식당마다 맛있고, 딱히 나쁜 사람인 것 같진
않지만…… 그래도 방심하면 안 돼.

…그렇게 생각하고 보니, 문득 어이가 없어졌다. 이미 당
할 거 다 당해놓고 방심이고 뭐고 무슨 소용이람.

문득 머릿속에 떠오른 장면에 얼굴이 붉어진다. 서둘러 고
개를 내저었다.

아니야. 이 이상 실수하면 안 돼!

나는 다시 마음을 꽉 다잡고 냉랭한 기운을 뿜으며 미니밴에 올랐다.

"다음은 어떤 식당이죠?"

"헉! 또 먹으려고?"

"네. 먹는 게 직업이니까요."

차갑게 말한다고 했지만 류마 씨는 신경도 쓰지 않았다.

"너무 긴장한 거 아니야?"

"예?"

"아니. 긴장할 거 뭐 있나 싶어서. 이제 와서."

이, 이제 와서라니!!!

류마 씨의 놀림에 얼굴이 확 달아올랐다.

류마 씨는 그런 나를 개의치 않고 천천히 선글라스를 끼더니 엑셀을 밟았다.

해안선을 따라 뻗은 일 차선.

저녁 무렵이 가까워졌지만 햇살은 아직 눈부셨고, 길을 따라 가지각색의 꽃이 화려하게 피어 있었다. 한여름의 남쪽 섬다운 풍경이었다.

그래서일까?

아아…… 실패한 것 같아…….

조수석에서 조금 우울한 기분으로 개방적인 풍경을 바라봤다.

바보같이. 호기심 때문에 그런 걸 훔쳐보다니. 그리고 결국 그런 일을 당하다니.

하지만…….

류마 씨와의 섹스를 떠올리며 조용히 얼굴을 붉혔다.

그 섹스는… 깜짝 놀랄 정도로 좋았다.

커다란 그의 물건이 뜨겁게 젖은 아랫도리 사이로 비집고 들어와 온몸을 강하게 뒤흔들던 때의 충격을 생각하자 마른 침이 꿀꺽 넘어갔다.

이 목구멍을 타고 비명이 넘쳐흘렀었다.

목구멍 끝까지 차올라서 뱉어내지 않고는 배길 수가 없었다.

말도 안 되는 비명을 내지르며 자지러져 버린 나를 류마 씨는 완전 음란한 여자로 생각하겠지.

그러니까 저렇게 놀리는 거야.

아아, 나 진짜 그런 여자 아닌데.

몇 년 동안 남자친구도 없이 일만 했다. 그러다 홋카이도에서 만난 소타 씨랑 한 섹스도 진짜 오랜만에 한 거였는데…….

그런데 왜 또 여행지에서 이런 일이 일어나는 거지……?

머릿속이 찌그러진 원고지처럼 복잡해져서 창밖만 지그시 바라보고 있었다. 그러다 문득 내 손이 누군가에게 잡혀 있다는 것을 느꼈다.

류마 씨가 운전을 하면서 내 손을 잡고 있었다.

"왜, 왜요……?"

"아스카 씨, 사귀는 사람 있어?"

에? 당황하는 내 옆에서 햇볕에 그을린 갈색 얼굴이 미소 지었다.

"나랑 사귀지 않을래?"

에엣?!

너무 놀라서 말도 안 나왔다. 류마 씨는 내 손을 잡은 손에 힘을 꽉 줬다.

"노, 놀리지 말아요!"

"놀리는 거 아니야. 당신 완전 내 타입이야. 거기도 맘에 들고."

거기? 설마 내 거기?

"무, 무슨 소리예요?!"

나는 또 새빨개져서 류마 씨의 손을 뿌리쳤다.

"이상한 말 하지 말아요! 게다가 당신은 애인이 있잖아요!"

"애인?"

"그 여자 말이에요! 아까 그……."

그, 수풀 속에서 같이 몸을 섞던…… 이라고는 말할 수가 없어서 나는 더듬거렸다.

아아, 하고 류마 씨가 중얼거렸다.

"걔는 애인 아니야."

"뭐라고요?!"

"한 번 해줬을 뿐이야."

우와, 뭐야, 이 사람……?

나는 할 말을 잃은 채, 씨익 웃는 류마 씨를 멍하니 쳐다봤다.

그런 나와는 상관없이 밴은 작은 요트 선착장으로 들어섰다.

이런 데에도 식당이 있어?

두리번거리는 내게 류마 씨가 웃으며 하얀 깃발이 펄럭이는 작은 요트를 가리켰다.

"저녁거리 잡아보자고."

에? 무슨 말이야?

"저녁거리라뇨?"

"난 물고기를 잡을 테니까, 당신은 저기서 스노클링이라도 하고 있어."

산호초가 얼마나 예쁜지 몰라, 그렇게 덧붙이며 류마 씨가 환하게 웃었다.

난 좀 전까지 그와 투닥거리던 것도 잊고, 그 미소에 그만 가슴이 뛰고 말았다.

와아……!

푸른 바다 속을 들여다본 나는 그 아름다움에 숨을 멈췄다.

두둥실 떠다니는 형형색색의 아름다운 산호초. 그리고 무수한 열대어들.

요트를 조금 벗어났을 뿐인데 이런 낙원 같은 세상이 펼쳐

지다니……. 오키나와는 정말 대단해!

익숙하지 않은 오리발을 끼고 해수면을 가르며 나는 바다 속 세상을 열심히 감상했다.

그와 함께 요트를 타고 가까운 바다로 나온 뒤, 그는 나에게 스노클링을 위한 장비를 주었다.

수경과 오리발 등등의 장비를 갖추고 물속에 뛰어든 나는 바닷속을 구경하느라 정신이 없었고, 함께 뛰어든 류마 씨는 아무 장비도 걸치지 않은 채 그런 나를 보고 있었다.

잠시 후 그 풍경 속으로 작살을 쥔 류마 씨가 점점 잠겨 들어갔다.

대단하다. 잠수만으로 저렇게 깊이 들어가다니.

어떤 장비도 필요 없이, 그는 순수하게 몸만으로 나보다 훨씬 깊은 곳까지 대번에 잠수해 갔다.

마치 물고기… 이 바다 속에서 수십 년을 살아온 인어 같다.

그렇게 생각한 순간, 작살이 번쩍였다.

슉, 하는 소리가 들릴 리 없는데도 들리는가 싶더니, 다음 순간 작살 끝에는 새파랗고 커다란 물고기가 꽂혀 있었다.

수면 위로 올라온 류마 씨가 젖은 머리칼을 푸르르 털어내더니 나를 향해 자랑스럽게 작살을 쳐들었다.

"잡았다—!"

아하하, 왠지 텔레비전에서 본 장면 같아!

깔깔거리며 웃는 나를 향해 헤엄쳐 온 류마 씨는 나를 요트로 끌어 올려줬다.

그리고 엄청 야만스러운 동작으로 작살에서 파란 생선을
빼냈다.

난 그 생선이 무엇인지도 잘 모르겠지만, 류마 씨의 동작
은 야만스러우면서도 익숙했다.

요트 갑판에서 펄떡거리는 생선을 신기한 눈으로 쳐다보
고 있는데, 작살을 정리한 그가 다가와 아이스박스에 생선을
휙 하고 던져 넣었다.

"그거 저녁에 먹을 거예요?"

"응. 나중에 먹여줄게. 그리고 그전에……."

류마 씨가 갑자기 나를 끌어안았다.

"난 이걸 먹어야지."

아…….

짭조름한 키스에 심장이 두근거렸다.

류마 씨의 혀가 난폭하게 내 입술을 벌렸다.

등줄기가 움찔 하고 반응했다.

실오라기 하나 걸치지 않은 류마 씨의 탄탄한 가슴팍이 느
껴지자 나는 작은 비명을 질렀다.

"아, 안 돼요……!"

깜짝 놀란 나는 저항했다. 하지만 류마 씨는 내 손목을 쥔
채 가슴을 밀어붙이며 거세게 압박해 왔다.

"왜 그래. 뭐가 어때서."

"시, 싫어요……."

요트가 파도와 함께 흔들거렸다.

그래서 다리에 힘이 빠진 게 키스 때문인지, 아니면 파도 때문인지 알 수 없었다.

그가 중심을 잃고 쓰러지는 날 휙 끌어안았다. 그러더니 선실로 데리고 가 좁은 바닥으로 날 밀어 넘어뜨렸다.

"안 돼, 하지 마요……."

"무신……. 소랑에 부치름이 엇나."

이, 이건 또 무슨 말이야……! 아, 아학!

류마 씨가 난폭하게 비키니를 벗기더니 유두를 빨기 시작했다.

날 바닥에 찍어 누른 채, 부드러운 혓바닥이 내 유두 구석구석을 애무했다.

"히익! 아…… 아아……!"

아……. 안 되는데……. 이러면 안 되는데……!

아랫도리에서 달콤한 샘물이 터지는 게 느껴졌다.

아니야. 이러면 안 돼…….

신음하면서 몸을 뒤트는 내 귓가에 류마 씨가 키스를 퍼부었다.

"괜찮아. 당신을 좋아한다고 말하고 있는 거야."

그런 거 안 믿어.

그럴 리가 없잖아.

우린 방금 만난 사이인데…….

하지만 움직일 수가 없었다.

당황스러웠다.

나는 다정한 사람을 좋아하는데. 이렇게 난폭하게 취급당하고, 가슴을 우악스럽게 거머쥔 저 손 때문에 너무 아픈데, 그런데도 나…….

"아……! 아아앙……. 류마 씨, 부탁이에요, 그만……."

거짓 저항 따위 다 알고 있다는 듯 류마 씨는 내 몸을 휙 뒤집었다.

그리고 내 허리를 들치고 찢어발길 듯 비키니를 끌어 내렸다…….

"…아아아아아아악……!"

팽팽하게 부풀어 오른 그의 작살이 찌걱, 욕정에 젖은 소리를 내며 내 몸속으로 꽂혔다.

"히이익! …아아아아─…!!"

이, 이럴 수가……!

어떡하지……! 왜 이런 거에 기분이……!

아─ 아아……! 뜨, 뜨거워!

나는 머리칼을 헝클어뜨린 채 세차게 몸부림쳤다. 류마 씨가 거친 숨을 몰아쉬며 속삭였다.

"…정말 좋아해. 돌아가지 말고 나랑 살자……."

아아! 그, 그런……!

내 허리를 꽉 붙들고 앞뒤로 허리를 놀리는 류마 씨 앞에서, 나는 그저 절규할 뿐이었다.

흔들거리며 떠있는 요트 창 너머로 보이는 새파란 남국의

바다.

마치 류마 씨한테 잡힌 물고기처럼, 나는 더 이상 도망치지 못하고 그에게 먹히고 있었다……

류마 씨가 내 앞으로 손을 돌려 수풀 속 작은 돌기를 살짝 건드렸다.

"…아윽……!"

눈앞으로 하얀 불꽃이 튀자 난 저절로 온몸을 감싸 안았다.

아아, 이제 어떡하면……!

"아아! 그만, 류마 씨! 그마아아아…… 아윽……!"

이게 테크닉이란 걸까.

능숙하게 허리를 놀려 내 은밀한 곳을 강하게 파고드는 한편, 절묘한 힘 조절로 바짝 부풀어 오른 민감한 돌기를 어루만졌다.

"으으으응…… 아아…… 히이익……!"

전기처럼 찌릿찌릿한 쾌감이 등줄기를 타고 퍼지자, 온몸이 부들부들 떨렸다.

안 돼! 싸, 쌀 것 같아……!

이제 더 이상은……!

"…아아아아앙!! 아아아……!! 아아, 아, 안 돼……!!"

삐직, 하는 소리와 함께 나의 그곳에서 뭔가가 넘쳐흐른 것 같은 느낌이 들었다.

"흐아아아아앙!!!"

"하하. 그렇게 좋았어?"

여유 만만한 류마 씨의 목소리가 들려왔지만, 나는 허리를 움찔거리며 가쁜 숨을 몰아쉴 뿐이었다.

힘이 빠져 당장 아무것도 할 수 없었으나 그는 가만히 있지 않았다.

류마 씨가 억센 손길로 날 잡아 돌리더니, 이번엔 엄청난 힘으로 날 안아 올렸다.

"아악…… 제발……!!"

애원해도 소용없었다. 류마 씨는 나의 아랫도리를 그의 허리께로 쑥 떨어뜨렸다. 난 반미치광이처럼 울부짖으며 그의 목덜미에 매달렸다.

"아아아, 아아……! 류마 씨! 제발……! 아으윽, 아아……!!"

아아, 제발.

제발 살려줘요!!

이렇게 엄청나면, 어떻게 돼버릴 것 같아!!

*　　　*　　　*

"…파란 생선은 이라브챠(오키나와 특산물인 농어목 생선:역자주). 남국의 대표적인 생선으로 비늘돔과 형제."

중얼거리며 메모를 끄적이는 내 얼굴을 류마 씨가 가만히 들여다봤다.

"왜 나를 안 봐?"

난 더욱더 맹렬하게 메모에 집중하는 척을 했다.

그렇게 쳐다보니까, 부끄러워서 도리어 얼굴을 못 보겠잖아…….

아직까지도 낮의 선실에서 벌였던 뜨거운 유희의 기운이 가시지 않는 것 같았다.

덕분에 난 그 이후로 류마 씨의 얼굴을 제대로 쳐다보지 못하고 있었다.

류마 씨가 어깨를 으쓱하더니 잠자코 아와모리(泡盛, 쌀로 담근 증류주:역자 주)를 기울였다.

민박집을 하고 있는 류마 씨의 집은 엄청 넓었다. 요트에서 내려 처음 이곳에 왔을 때는 정말 놀랐다.

류마 씨는 자고 가라며 나를 민박집 안으로 이끌었다. 취재 핑계 겸 힘에 이끌려 들어오긴 했지만, 사실 정말 자고 갈지는 망설이고 있다.

"저거나 먹어봐."

류마 씨가 턱으로 밥상을 가리켰다.

류마 씨의 어머니가 준비한 이라브챠 회와 초된장무침이 놓여 있었다.

못 이기는 척 식탁에 앉았다. 하긴, 먹어봐야 기사를 쓸 테니까. 그래도 새침한 표정을 잊지 않고 회를 한 점 입에 넣었다.

"으음……. 회는 좀 비리네요."

"그렇지? 그래서 오키나와 사람들은 초무침을 더 많이 먹지."

갑자기 가이드 모드로 변신한 류마 씨.

"이건 우미부도(海ぶどう, 녹색 알갱이가 알알이 달린 해조류로 오키나와 특산물:역자 주). 먹어봐."

회에 얹힌 청포도 빛깔의 해조류. 톡톡 터지는 식감이 재미있어서 와아! 하고 저절로 고개를 쳐들었다.

하지만 류마 씨와 눈이 마주치자 부끄러워서 다시 고개를 수그렸다.

"왜 그래?"

"아무것도 아니에요⋯⋯."

나는 다시 한쪽으로 돌아앉아 메모를 시작했다.

류마 씨가 한숨을 쉬더니 방구석에 굴러다니던 악기를 잡았다.

뭐지? 샤미센(三味線, 세 개의 현으로 이루어진 일본 전통 악기: 편집 주)인가⋯⋯?

"산신(三線)이라고, 오키나와 악기야."

그리고 류마 씨는 띠링, 하고 현을 튕기기 시작했다.

현의 리듬에 맞춰 천천히 흐르는 것 같은 가락의 노래를 부르는 류마 씨.

우와! 엄청 잘 부른다⋯⋯.

그렇게 생각했지만 나는 솔직하게 웃어주지 못했다.

언제나 이런 식으로 여자 관광객을 꼬드겼을 것 같았기 때문이다…….

노래를 마친 그는 내 손을 끌고 한밤중의 바닷가로 산책을 나갔다.

조용한 파도가 밀려오는 하얀 백사장의 바위그늘에서 류마 씨는 또 다시 나를 안았다.

난 더 이상 저항하지 않았지만 내 다리 사이로 얼굴을 파묻고 달콤하게 속삭이는 그의 말을 믿지 않으려고 눈을 꽉 감았다.

도쿄에 돌아가지 마…….

여기 남아서 나랑 같이 살아…….

당신이 정말 좋아…….

*　　　*　　　*

다음 날.

선착장까지만 데려다주면 된다고 말했지만 류마 씨는 부득부득 본섬으로 건너와 나하 공항까지 배웅을 나왔다.

"고마워요. 여기서 그만…….”

"출발 로비까지 데려다 줄게.”

류마 씨는 그렇게 말하면서 공항 안까지 들어왔다…….

하지만 선글라스를 낀 옆얼굴이 너무 퉁명스러워서 마음이 편치 않았다.

결국 그의 집에 머물면서 밤새도록 몇 번이고 몸을 섞었다.

그래 놓고 아침이 되자 시간에 맞춰 짐을 싸기 시작한 내게 그는 왠지 화가 난 것 같았다…….

하지만 어쩔 수 없잖아.

정말로 남으면 곤란해할 거면서…….

"그럼…….

힘없이 중얼거리면서 탑승구로 향하는 나에게 류마 씨가 조그마한 보냉팩을 내밀었다.

"비행기 안에서 먹어."

아, 고마워요. 뭔지 모르겠지만 차가운 기운이 느껴졌다.

선글라스를 낀 채로 반바지 주머니에 손을 쑤셔 넣은 류마 씨가 퉁명스럽게 내뱉었다.

"……또시 봅서."

또시 봅서?

그러고 보니 수풀 속의 여자와도 저 말을 주고받았었다.

무슨 뜻이지……?

"또 봐, 라고 한 거야."

류마 씨가 어렴풋이 미소 지었다.

또 봐…….

나는 조금 머뭇거렸지만, 겨우 고개를 들고 류마 씨의 얼굴을 쳐다봤다.

"…또시 봅서."

그렇게 말하고는 탑승구로 달려갔다.

참지 못하고 딱 한 번 뒤돌아봤는데, 류마 씨가 선글라스를 벗고 노려보듯이 나를 바라보고 있었다.

그 눈이 촉촉이 젖어 있는 것처럼 보여서 순간적으로 난 멈칫했다……

하지만 이내 미련을 떨치고 비행기에 탄 뒤 류마 씨가 건넨 보냉팩을 열어봤다.

오키나와 명물 블루씰 아이스크림이었다.

컵 뚜껑을 열어보자, 류마 씨와 함께 헤엄쳤던 그 바다처럼 파란 하늘색 아이스크림이 나왔다…….

"류마 씨……."

갑자기 눈물이 툭 떨어졌다.

그 사람을 좀 더…….

좀 더 믿어보면 좋았을 텐데.

하지만 잘 모르겠다. 그냥 무서웠다.

감정적인, 사나운, 하지만 때때로 다정한, 그 자유로운 남자가…….

스푼으로 한입 떠먹은 파란 바다는 달콤하면서도 입안이 아릿한 초코민트 맛이었다.

아아, 이 맛도 분명히 잊지 못할 것이다.

"아아, 왠지……."

나는 의자에 몸을 기댄 채, 창밖으로 멀어져 가는 산호초
에 둘러싸인 섬을 바라봤다.

이 일… 정말이지 너무 애달프네요, 편집장님…….

〈야마나시〉
소믈리에의 향기로운 구속

"와인을 마실 때에는 드라이한 것부터 시작하세요. 단 걸 먼저 마시면 드라이한 와인의 풍미를 느낄 수 없게 된답니다."

가슴팍에 빛나는 포도 모양의 소믈리에 배지.

남자는 눈을 빛내며 집중하는 여성 참석자들에게 우아하게 미소 지었다.

그녀들은 우리 잡지 『미식(美食) 여행』에서 기획한 고슈(甲州, 야마나시(山梨)현 북동부에 있는 도시) 와이너리 투어에 참가한, 와인을 좋아하는 삼십 대 여성들이었다.

하지만 다들 어째 와인보다는 기다란 손가락으로 우아하게 와인 오프너를 다루는 소믈리에 쪽에 관심을 가지고 있는 것 같았다.

뭐, 이해할 만도 하다.

검은색 정장이 무척 잘 어울리는, 조금 차가운 인상이지만 이지적인 분위기의 소믈리에였다.

각 테이블에 잔을 옮기면서 나 역시 소믈리에를 몰래 훔쳐봤다.

꽃미남 소믈리에라고 소문은 들었지만 이 정도일 줄이야.

하지만!

우리 편집장님도 못지않게 멋있어!

애독자 여러분을 모시는 자리의 호스트로서… 라고 하지만 사실은 경비 절감을 위해 졸지에 소믈리에가 돼 테이블마다 와인을 서빙하고 있는 편집장님.

배지 같은 건 없지만 어찌나 잘 어울리는지!

동기 카와무라 레오도 오늘은 호스트 역할.

일단 혼혈이라 잘생겼으니 보기엔 괜찮았다.

하지만 테이블을 돌아다니며 설레발을 치는 품새가 역시 다른 두 멋진 소믈리에에 비교해서 고상한 맛은 떨어진다.

그리고… 나는 완전히 하녀 상태. 같은 직원인데도, 두 사람에 비해선 완전히 대접이 달랐다.

까까거리는 여성들은 난 같은 직원이라는 취급조차 하지 않고 여기저기서 심부름을 시켜 먹었고, 난 거기에 반항은 생각도 못하고 따라야 했다.

지금도,

"저기요, 물 아직 멀었어요?"

"네! 금방 갖다드릴게요!"

이렇게 허겁지겁 복도를 뛰어다녀야 했으니까.

땀 흘리며 물을 대령한 뒤 대기석에 돌아오자, 테이블을 돌면서 서빙을 마친 꽃미남 소믈리에가 한 손에 와인 병을 들고 미소를 짓고 있었다.

"괜찮으세요?"

"예? 아아, 네!"

깜짝 놀라서 멈춰 섰다.

"죄송해요. 저희가 일손이 부족한 탓에 이렇게 수고를 하시고……."

"아, 아니에요!"

경비 절감을 위해서 가능하면 편집부 직원들이 시중을 들겠다고 한 건 우리 쪽이었다.

"저기…… 사장님이 얘기 안 하시던가요?"

내 설명에 소믈리에의 눈이 영문을 모르겠다는 듯 동그랗게 커지더니, 이내 우아하게 잦아들었다.

"인사가 늦었군요. 제가 사장인 이치미야(一宮)입니다."

"엣!"

이럴 수가!

당황스러운 마음에 나도 모르게 이번 투어 담당자를 노려봤다.

레오, 이 주책바가지야!! 이런 건 미리 알려줬어야지!!!

"시, 실례했습니다. 젊은 사장님이시라고 듣긴 했는데……."

"네. 삼 년 전에 아버지가 갑자기 돌아가셨거든요. 제가 삼 대째 이어 받아 운영하고 있습니다. 뭐, 사장이 소믈리에 노릇까지 겸할 정도로 작은 와이너리이긴 하지만요."

이치미야 씨는 그렇게 말하면서 부드럽게 웃더니 나한테 깊이 고개 숙여 인사했다.

"『미식 여행』같이 유명한 잡지에서 취재를 와주시다니 정말 감사합니다."

그리고 고개를 들고 빙긋 웃으며 와인 병을 보였다.

"익숙하지 않은 노동을 하려니 힘드시죠? 한잔 들고 하세요."

난 깜짝 놀라 고개를 가로저었다.

"아니에요, 괜찮아요! 업무 중인걸요!"

"하하. 성실한 분이군요."

이치미야 씨가 다시 우아하게 눈을 찡긋했다.

"그럼 나중에 봐요. 귀여운 아가씨."

"레오! 너 때문에 사장님한테 실수했잖아!!"

이치미야 씨가 다시 손님들 사이로 떠난 후, 난 당장에 레오에게로 달려가 소리쳤다.

"에? 저 사람이 사장이라고 내가 말하지 않았던가?"

"이 웬수! 말 안 했거든?!"

"아— 시끄러워, 시끄러워! 이제 알았음 됐잖아?"

시음회가 끝나도 개와 고양이처럼 으르렁거리는 우리를 두고 아오야마 편집장님이 언제나처럼 눈썹을 찌푸렸다.

"너흰 사이가 너무 좋아서 탈이야."

"어디가요!"

뾰로통해서 휙 돌아선 내 머리를 편집장님이 토닥였다.

"이번엔 봐줘. 급히 짠 기획이라 레오도 정신이 없었을 거야."

부드러운 말투에 요상하게 화가 풀리려 했다.

"네⋯⋯."

입을 삐죽 내밀고 어깨를 축 늘어뜨린 나를 보고 레오가 약 올리듯 웃었다.

"너랑 달리 이몸은 바쁘다고."

"뭐라고?!"

"아—! 그만하라니까!"

편집장님이 레오의 목덜미를 잡더니 '빨리 가기나 해!' 하고 투어 버스 쪽으로 끌고 갔다.

"그럼 좀 부탁할게, 아스카."

"네."

두 사람은 참가자와 같이 도쿄로 돌아가고, 난 남아서 뒷정리를 하기로 했다.

취재도 할 겸 하루 머물면서 야마나시의 맛있는 음식을 먹고 오라는 편집장님의 은근한 배려였다.

"아, 맞다."

편집장님이 뒤돌아보며 말했다.

"고슈 와인의 제일 큰 특징은 일본 음식에 잘 어울린다는 점이야."

"일본 음식이요?"

와인과 일본 음식? 그게 어울릴까?

의아해하는 나에게 편집장님이 계속 설명해 줬다.

"날생선과 함께라도 즐길 수 있는, 세상에 유일한 와인이라고 불리고 있지. 그 부분을 혀와 배로 확실히 느끼고 오도록."

안경 너머로 길게 찢어진 눈이 다정하게 미소 지었다.

"좋은 경험 쌓고 와."

하지만 항상 부담스러워져요…….

편집장님이 말하는 '좋은 경험'이란 건 분명히 이런 게 아닐 텐데…….

＊　　　＊　　　＊

"아! 어… 째서, …이치미야 씨……!"

뜨거운 물체가 나의 가장 비밀스러운 곳을 파고드는 감각에 난 수첩을 떨어뜨리고 말았다.

아, 안 돼! 들어왔어……!

아아아아아……!! 나는 눈앞에 있는 나무통을 꼭 붙들었다.

욕망에 흠뻑 젖은 채 펄떡이는 그의 물건이 내 몸속으로 쑥 들어온 것이다.

"흐아아아…… 아윽……!"

이치미야 씨는 등줄기를 젖히며 신음하는 날 뒤에서 꼭 껴안았다.

그리고는 내 귓가로 달콤하게 젖은 한숨을 흘려보냈다.

"미안해요, 아스카 씨……. 당신이 너무 순진해 보여서 그만……."

"순진… 한 사람한테… 왜 이런……! 아항!!"

이치미야 씨가 갑자기 허리를 들썩이며 불같이 뜨거운 그의 분신을 더더욱 깊은 곳까지 쑤셔 넣었다.

"아하아아아앙! …크윽……!"

애처롭게 버둥거리는 내 모습이 마치 산 채로 곤충 표본 핀에 꽂혀 버린 나비 같았다.

몸을 떨면서 신음하는 나를 안은 채 이치미야 씨가 중얼거렸다.

"아아. 생각한 대로야. 역시 대단해……."

도망치려고 필사적으로 몸부림쳤지만 그는 내 가슴을 부여잡은 손의 힘을 풀지 않았다.

그리고는 '도망치지 못하게 할 거예요'라고, 달콤할 정도로 낮은 목소리로 속삭였다.

"왜… 갑자기……! 아윽……!"

아까까지만 해도 와인에 대해 친절하게 설명해 줬다.

고가의 레드와인을 전혀 아끼지 않고 마시게 해줬다.

그런데 저장고로 안내하자마자 갑자기 이렇게 변해 저돌적으로 달려들었다.

"후회하지 않게 해줄게요. 자, 아스카 씨……. 긴장 풀어요……."

"이, 이거 놔요……!"

"안 놓을 거예요. 겨우 발견한 나의 아그레아블이니까."

"아, 아그레아블……?"

"마음 편히 마실 수 있는 맛있는 와인을 표현하는 말이랍니다."

하지만 당신은 아직 숙성이 덜 된 것 같군요, 라고 말하면서 이치미야 씨는 내 귓불을 부드럽게 핥았다.

"히익……!"

오싹한 쾌감이 등줄기를 타고 퍼졌다.

이치미야 씨는 꽉 움켜쥔 손의 힘을 살짝 풀더니 꼿꼿하게 일어선 내 유두 끝을 손가락으로 조심스럽게 간질였다.

"악! 아, 아, 아, 아……!"

눈앞이 빙글빙글 도는 것 같았다.

와인의 열기에 취했기 때문일까, 아니면 내 은밀한 곳을 가득 메운 그것 때문에 정신을 차릴 수 없기 때문일까.

이치미야 씨가 어디를 만지든 오싹한 전율에 사로잡힌 나는 자지러지듯 비명을 질렀다.

"그, 그만……!"

나는 커다란 나무통에 매달린 채로 눈을 꼭 감고 애원했다.

그만! 제발 그만해 주세요!

도망치고 싶었지만 몸이 부들부들 떨려서 한 걸음도 움직일 수가 없었다.

이치미야 씨가 능숙한 손길로 나를 어루만지는 동시에 옷을 한 꺼풀 한 꺼풀씩 벗기기 시작했다.

"싫어……! 이런 데에서……!"

"어디라면 괜찮겠어요?"

"그, 그런 게 아니라……! 아윽, 아…… 아앙! 아아학……!"

자극에 못 이긴 몸이 멋대로 배배 꼬였다.

하지만 뜨거운 그의 물건은 여전히 게걸스럽게 내 은밀한 동굴을 탐하고 있었다.

나의 그곳은 스스로도 느낄 정도로 축축하게 젖어버렸다.

그래서일까, 언젠가부터 삽입의 고통은 사라져 가고 있었다.

이치미야 씨가 온몸을 구석구석 애무하고 등과 견갑골에 뜨거운 키스세례를 퍼붓자 조급한 마음에 어쩐지 애가 타기까지 했다.

"…움직였으면 좋겠어요?"

"그, 그런 거 아니에요! 제발 그만……!"

"이런. 진심이에요? 이제 와서 그만두라면 곤란하죠. 봐요, 벌써 이렇게……."

이치미야 씨가 짓궂게 속삭이더니 천천히 허리를 움직였다.

"아아앙……!!!"

그 움직임과 함께 눈앞이 아득해졌다.

이치미야 씨는 바닥으로 무너져 내린 나를 도망가도록 놔두지 않았다.

엎드린 상태로 무릎을 꿇리더니, 내 허리를 꼭 쥐고 끌어올려 수치스러운 자세를 취하게 했다…….

'아아, 또 이런 모습을…….

홋카이도의 소타 씨나, 오키나와의 류마 씨한테도 이런 고양이 같은 자세로 안겼었다.

하지만 소타 씨의 격렬함이나, 류마 씨의 강인함과는 또 다른 느낌이었다.

이치미야 씨는 숨소리 하나 흐트러뜨리지 않고 그저 나를 가만히 음미하고 있었다.

내 몸속에서 쿵쿵 고동치는 그의 분신이 그대로 느껴졌다.

아아, 정말. 하려면 빨리 해버리든가!

나는 나무로 된 바닥에 뺨을 비비며 신음했다.

흥분한 몸이 한껏 달아올라 근질근질하기까지 했다. 이렇게 뜸을 들이는 게 고문처럼 느껴졌다.

그런 내 상태를 꿰뚫어본 이치미야 씨가 다시 속삭였다.

"…움직여 줄까요?"

나는 이를 꽉 물고 침묵했다. 이런 상황이 분하고 부끄러워서 참을 수가 없었다…….

이치미야 씨가 후훗, 하고 웃었다.

"꽤 고집이 센 아가씨군요."

그렇게 말하더니 내 허리를 잡고 천천히 움직이기 시작했다.

"히아아…… 아앙……!!"

허리의 움직임에 따라 미끈하게 내 몸속을 휘젓는 그것은, 잠깐 빠져나갔다가 이내 다시 그곳으로 밀려 들어왔다.

"하아아앙……! 으… 하아아아앙……!"

마치 그의 물건 끝으로 나의 그곳을 구석구석 깎아내는 것 같은 느낌이었다.

아찔하면서도 간질간질한 쾌락에 취해, 나는 그저 침을 흘리면서 바닥에 엎드린 채로 이치미야 씨의 허리놀림에 휩쓸려 다닐 뿐이었다.

"흐음. 남자를 아예 모르는 몸은 아닌 것 같군요……."

이치미야 씨가 낮은 목소리로 말했다.

"몇 명이나 되죠?"

"모, 몰라요……."

"모를 리 없잖아요. 자기 일인데. 아니면 셀 수 없을 정도로 많은 건가?"

"아니에요! 아아, 아아아……!"

"후훗. 그렇군요. 그 정도로 경험이 많지는 않다……."

웃음기를 머금은 그가 허리를 끊임없이 움직이며 말했다.

"그렇다면 지금은 보졸레 누보 정도의 맛이 들었겠군요."

"보, 보졸레……?"

"매년 십일월에 출시하는 새로운 와인 말이에요. 그때밖에 마시지 못하는 귀중한 와인이지만, 숙성이 부족해서 와인 특유의 깊은 맛을 느끼긴 힘들죠. 하지만 전 좋아한답니다. 산뜻하고 귀여운 딸기 같은 느낌이 있거든요……. 꼭 당신처럼……."

그렇게 말하더니, 이치미야 씨는 자신의 분신이 내 안에 삽입돼 있는 모양을 확인하려는 듯 나의 그곳으로 손가락을 미끄러뜨린 뒤 천천히 더듬기 시작했다.

"아윽… 하아악……!"

그의 물건을 머금은 탓에 팽팽하게 벌어진 동굴을 간질이고, 꽃잎 사이로 헤집고 들어와 작은 돌기를 어루만지자 죽어버리고 싶을 정도로 달콤한 신음이 흘러나왔다.

"이, 이치미야… 씨……!"

"사랑스러워……. 당신은 정말 사랑스러운 아가씨예요……."

낮은 목소리가 달콤해졌다.

"처음 본 순간부터 이렇게 하고 싶었어. 당신 때문에 난 욕망의 포로가 돼버렸단 말입니다……."

귓가에 울려오는 낮은 목소리.

뜨거운 욕망에 사로잡힌 손가락이 오히려 다정한 애무를 퍼붓자 온몸이 나른해지며 정신이 아득해졌다.

"아아, 이치미야 씨……."

연인이 아닌 사람에게 또 이렇게 안겨 버린 내 모습에 문득 마음이 아팠다.

하지만 이제 더 이상 거부할 수가 없다…….

"이치미야 씨……. 어째서……."

어째서 당신같이 멋진 사람이 나처럼 볼품없는 사람한테 흥미를 갖는 거죠……?

어렴풋이 그런 생각을 하며 달콤한 쾌락에 젖어들 때, 이치미야 씨가 갑자기 은밀한 샘물에 흠뻑 젖은 그의 손가락을 내 엉덩이 사이 구멍으로 집어넣었다.

"히익……!"

아앗! 저항할 틈도 없이 손가락이 엉덩이 속으로 잠겨 들어갔다.

"아, 안 돼……! 아, 아, 아아아아아아……!!"

좁은 구멍을 억지로 헤집으며 미끄러져 들어오는 그 이상한 감각에 나도 모르게 짐승 같은 비명 소리가 터져 나왔다.

그의 분신을 가득 머금은 나의 아랫도리에서는 더더욱 열을 뿜어냈다.

"아악……! 아, 안 돼……!! 그만! 이, 이상해……!!"

"쉿! 조용히……."

이치미야 씨가 다시 한 번 허리를 놀리며 나를 음미하기 시작했다.

"후후후. 조이는 느낌이 좋군요……. 내 물건에 꽉 얽혀드는 이 느낌……."

"그런 말 싫어요……!"

"자. 좀 더 솔직한 여자가 돼서 남자의 맛을 느껴봐요. 내가 당신을 최고급 와인으로 만들어줄게요……."

그의 말은 아득한 산 너머에서 들려오는 메아리처럼 느껴질 뿐이었다.

유리로 만들어진 딜도 안에는 따뜻한 와인이 채워져 있었다.

눈이 휘둥그레진 날 보자 이치미야 씨는 그 아름다운 눈을 가늘게 뜨면서 피식 웃었다.

그리고는 '특별 제작한 거예요'라고 말하며 미소 지었다.

겉으로는 매우 젠틀하고 이지적인 이미지였으나, 왠지 좀 변태적인 사람 같았다.

하지만 그 덕분에 나도 덩달아 대담해졌다…….

저장고에서 정신을 잃을 뻔한 날 안아 든 이치미야 씨는 사장실로 날 데리고 들어왔다.

그리고는 다시 그 안에 있는 비밀스러운 작은 방으로 다시 날 안내했다.

"잠깐 눈 붙일 때 들어오는 곳이에요."

말은 그렇지만 진짜는 어떨까? 많은 여자와 여기서 섹스를 벌였다든지······.

딱딱한 딜도가 나의 비밀스러운 동굴 속을 헤집고 들어오자 너무 괴로웠지만, 동시에 그곳으로 따끈한 열기가 전해졌다. 묘한 기분이었다.

이치미야 씨에게 안긴 채 입으로 흘려주는 와인을 받아 삼켰다.

한 모금씩 먹을 때마다 점점 이성이 멀어져 가는 것을 느꼈다.

"정말 섹시해요······."

자신의 분신을 내 입속으로 밀어 넣은 이치미야 씨가 위에서 짓궂게 속삭였다.

"자. 상상해 보세요. 뒤에서 애인이 아스카 씨를 덮치는 거예요······."

"아! 그런······!"

아랫도리가 확 뜨거워졌다.

"남자친구가 지금 보고 있어요······."

"나, 남자친구 없어요······."

그렇게 말하면서 나는 홋카이도의 소타 씨에게 안겨 있는 나 자신을 상상했다.

뒤로는 소타 씨를 받아들이면서, 앞에서는 이치미야 씨에게 봉사하고 있는 외설적인 나의 모습을······.

"남자친구가 없어요? 이렇게 예쁜 아가씨가?"

이치미야 씨가 그렇게 말하더니 문득 좋은 생각이 떠오른 듯, 내 볼을 쓰다듬었다.

"그럼 편집장에게 안기는 상상을 하는 건 어떨까요? 꽤 섹시한 남자던데……."

"엣……?!"

설마!

말도 안 돼!

그렇게 생각하면서도 내 머릿속에서는 멋대로 아오야마 편집장님의 모습이 떠올랐다.

그랬더니, 이치미야 씨는 어느새 사라지고 대신 편집장님이 날 애무하고 있는 게 아닌가…….

안 돼! 그러면 이치미야 씨한테 미안해지잖아.

그렇게 생각했지만 왠지 엄청 흥분해 버린 나는 커다랗게 부풀어 오른 이치미야 씨의 분신을 입안 가득 머금었다.

"아앗……! 으음…… 으흡……!"

"오호라. 나쁜 상상은 아닌가 보군요."

이치미야 씨가 어디선가 안대를 꺼내더니 내 눈을 가렸다. 갑자기 시야가 어둠으로 변하자 온몸이 꽉 긴장됐다.

"싫어! 무서워……!"

"쉿. 자, 지금부터 당신은 그 편집장한테 안기는 거예요……."

그렇게 말하더니 이치미야 씨는 나를 침대로 밀어 쓰러뜨렸다. 그리고는 내 목덜미 사이로 얼굴을 묻었다.

"아아……!"

이치미야 씨가 내쉬는 뜨거운 숨결에 등줄기를 타고 전율이 올랐다.

부드러운 입술의 감촉에 유두가 봉긋 솟아올랐다.

"아스카……."

"아아…… 아…… 하앙……."

말도 안 돼! 왜……?

나는 그에게 매달렸다.

이런 걸 상상해 본 적도 없는데 정말로 편집장님한테 안긴 것 같은 기분이 들었다.

내 가슴의 윤곽을 확인하는 것처럼 부드럽게 움직이던 손길에 갑자기 힘이 꽉 들어갔다.

"으응… 하아아응……!"

부드럽지만 내가 흥분을 느끼는 곳을 정확하게 자극하는 손놀림이었다.

몸을 뒤틀 때마다 내 은밀한 동굴을 메우고 있던 딜도에서 찰랑거리는 소리가 났다.

미끌미끌한 샘물에 헐거워진 그것이 어느 순간…….

"아아아아아……!"

커다란 뭔가가 갑자기 몸속에서 쑥 빠져나가는 느낌에 나는 저절로 몸을 젖혔다.

이치미야 씨가 편집장님의 목소리를 흉내 내면서 부드럽게 속삭였다.

"뭐야, 빠졌잖아. 진짜를 원해?"

"아냐……. 아… 안 돼……."

여기 있는 건 이치미야 씨라는 것은 알고 있다.

그런데도 진짜 편집장님이 말하는 것처럼 느껴지는 게 무서웠다.

칠흑 같은 어둠 속에서 난 손을 뻗어 그의 얼굴을 더듬거렸다. 아니야. 편집장님이 아니야. 당연히 아니야…….

그런 내 팔을 붙들어 올리더니, 그는 뭔가 벨트 같은 것으로 날 침대에 묶었다.

"시, 싫어! 무서워……!"

꼼짝달싹 할 수 없게 묶여 버린 나는 두려움에 떨며 버둥거렸다.

"괜찮아. 날 믿어……."

그가 속삭였다.

잔에 와인을 따르는 소리가 들렸다. 그리고 천천히 입술이 다가오는 느낌이 들었다.

"으응……."

그가 다시 입으로 와인을 흘려보내고 있었다.

목구멍을 타고 넘어가면서 생생하게 뿜어내는 신맛, 쓴맛, 그리고 바닐라의 여운…….

"고슈 포도가 가진 산뜻한 산미와 우아한 향기……. 알 것 같아?"

"네……."

와인에, 그리고 그의 목소리에 취한 듯 몽롱하게 대답했다. 몸속 깊은 곳에서부터 편안하게 취기가 올랐다……

"일본 음식에 잘 어울린다고요……?"

"그럼. 잘 어울리지."

이치미야 씨가 내 발목을 잡았다.

그리고 순식간에, 엄지발가락을 타고 따뜻하고 축축한 혀
가 느껴졌다……

"히아……!"

움츠리려는 다리를 붙잡고 이치미야 씨는 끈질기게 구석
구석 발가락을 핥았다.

"응…… 하아……! 으응…… 아아……!"

간지러운 것 같기도 하고 좋기도 한, 아무튼 깜짝 놀랄 정
도로 강렬한 쾌감이 온몸에 퍼지자 나는 허리를 비틀며 신음
했다.

발가락이 이렇게 기분 좋다니……

젖은 혀가 발가락 사이사이를 희롱하는 동안 손바닥은 부
드럽게 다리를 쓰다듬었다.

혀와 손이 천천히 아래에서부터 위로 올라갔다.

그리고 애를 태우듯 천천히 허벅지 안쪽을 간질이기 시작
했다.

"아아아아아……!"

어떻게 돼버릴 것 같아……! 아윽……!!

나도 모르게 벨트를 꽉 붙들었다.

이치미야 씨는 내 무릎을 붙잡고 다리를 M자로 벌리게 했

다.

그리고 허벅지 깊은 부분에 단숨에 혀놀림이 쓸고 지나가는 바람에 나도 모르게 '아학!' 하고 교성을 내질렀다.

"그, 그만! 주… 죽을, 것, 같아요……! 아윽…… 아아아아아……!!"

어떻게 이런 곳이?! 정신을 차릴 수 없을 정도로 쾌감이 몰아닥쳤다.

하지만 아무리 몸을 꼬고 발버둥 쳐도 이치미야 씨는 다리를 놔주지 않았다.

내 양손은 여전히 꽉 묶인 상태였다.

"아아아아! 안 돼! 안 돼……!!!!"

"후후. 여기가 아스카 씨의 성감대인가 보군. 가만히 있어. 좀 더 즐겁게 해줄 테니……."

수치스러운 말이었지만, 덕분에 그의 눈앞에 펼쳐진 나의 꽃잎이 더더욱 축축하게 젖어드는 게 느껴졌다.

그곳을 혀로 애무하면서 그는 다 보고 있겠지.

번들번들한 물기를 머금은 채 활짝 핀 내 붉은 꽃잎을……

그렇게 생각하자 참을 수 없을 만큼 흥분이 돼서 나는 또 비명을 지르고 말았다.

"아악……! 부, 부탁이에요, 이치미야 씨……! 저 이제…… 아윽!"

"난 이치미야가 아니라 아오야마야."

그가 차갑게 대꾸하면서 붉은 꽃잎을 할짝거렸다.

지극한 쾌감에, 나는 전기에 감전이라도 된 듯 허리를 솟구쳐 올렸다.

"아! 죄송해요, 편집장님! 저, 저는 이제… 앗…… 아아아아아악……!"

"뭐야, 너……. 벌써 이렇게 젖었어?"

"안 돼에에에! 아아악! 펴…… 편집장님! 저, 정말…… 아앗!!!"

커다랗게 벌린 입으로 강하게 꽃잎을 빨아들이는 한편 혀끝으로 능숙하게 작은 돌기를 간질이자, 나는 금방이라도 산산조각이 날 것 같았다.

그 열이 순식간에 온몸을 뚫고 지나갔다.

"아아아아앗!!!"

그는 허리를 세차게 튕기며 발버둥 치는 내 몸속으로 손가락 세 개를 쿡 찔러 넣었다.

"히아아아아으으윽!!"

아아! 어떡하지! 너무 흥분돼서 정신을 차릴 수가 없어……!

온몸이… 흐물흐물하게 녹아버릴 것 같아……!

그는 혀끝으로 민감한 돌기를 쿡쿡 찌르며 애간장을 태웠다. 그리고 동시에 찌걱찌걱 소리를 내며 손가락으로 내 몸속을 휘저었다.

"아, 안 돼……!! 아아, 제발! 제발……!!!"

"무슨 소리야. 지금부터가 메인 요리인데……."

그는 내 다리를 넓게 벌리더니, 그 중심에 뜨겁게 달아오른 그의 분신을 맞췄다.

"아! 펴… 편집장님……."

"…자, 먹어볼까."

순식간에 그의 물건이 쑥 밀고 들어왔다.

난 숨을 크게 들이마시며 입술을 꽉 깨물었다.

아아, 들어오고 있어……!

아아, 또 다시……!

"아아아아아아……!"

팽팽하게 부풀어 오른 그의 물건이 쉬지 않고 내 몸속 깊은 곳까지 파고들었다.

습관인 건지, 마지막엔 꼭 한 번씩 허리를 흔들었다.

"하윽! 아아아아아……!!"

그때마다 나는 달콤한 신음을 흘리며 그의 어깨에 뺨을 비볐다.

아아. 품에 꽉 안기고 싶어. 매달리고 싶어…….

그런 내 기분을 알아챘는지, 그가 두 손을 풀어주자마자 나는 그에게 매달렸다…….

"…이치미야 씨……."

"아니지. 편집장이야."

"편집장님……."

그렇게 중얼거리니 기분이 왠지 묘했다.

이상한 일이다.

만약 내가 진짜 편집장님하고 이런 일을 벌인다면 싫을 것 같은데……

이치미야 씨는 내 다리를 자기 허리에 걸치고 천천히 움직이기 시작했다. 의외로 다정하고 부드러운 움직임이었다.

"아아아응…… 으응…… 하아…… 아아아……."

그의 분신이 내 몸속으로 드나들 때마다 나는 왠지 안타까운 마음이 들었다.

"저기, 안대 좀 벗겨줘요……."

"왜……?"

"얼굴을 보고 싶어요……."

표정을 확인해 보려고 손가락으로 그의 얼굴을 만져봤다. 왠지 곤란한 것 같았다.

"어서요……."

"그래……."

안대가 벗겨지자, 침대 곁에 희미하게 켜진 호박색 불빛에 눈이 부셨다.

그 불빛 아래에서, 이치미야 씨는 역시 무척 곤혹스러운 얼굴을 하고 있었다.

"…이제 만족하세요?"

"뭐가… 요……? 아……."

내 안에서 이치미야 씨의 분신이 수그러드는 게 느껴졌다. 나는 얕은 신음을 토했다.

"즐거운 꿈을 꾸고 있는 게 낫지 않았을까요……?"

"편집장님… 의……?"

"네……."

이상한 사람.

나는 고개를 갸웃거리다 웃었다.

"지금… 지금도 꿈만 같은 걸요……."

맞아. 분명 처음에는 놀랐지만, 언젠가부터 이렇게 이 남
자에게 이끌려 이렇게 쾌락을 느끼고 있는데, 이게 꿈이 아니
면 대체 뭘까?

나는 이치미야 씨의 목덜미를 감싸 안고, 천천히 키스했
다.

"이런 일…… 편집장님한테 들키면… 야단맞을 거예
요……."

그러니까 비밀.

오늘 밤만의 꿈이에요…….

"아스카 씨……."

이치미야 씨가 어렴풋이 눈을 뜨더니 부드럽게 미소 지었
다.

"하아. 당신은 정말로 나의 아그레아블……."

아그레아블이… 뭐였더라???

이치미야 씨가 피식 웃음을 터뜨렸다.

"마음 편히 마실 수 있는 맛있는 와인을 표현하는 말이라
고요. 기억해 줘요, 푸드 저널리스트 씨."

그러더니 이치미야 씨는 내게 수없이 키스를 퍼부었다.

허리를 힘껏 밀어붙이면서 두 손으로 거세게 가슴을 거머쥐었다.

찌걱찌걱. 외설스러운 소리를 내면서 몇 번이고 그의 분신이 내 몸속을 드나드는 동안, 나는 그에게 매달려 정신없이 허리를 흔들었다.

"아아앙! 아아아학! 기, 기분 좋아……!!!"

"하아… 하아……! 아스카 씨, 대단해요! 엄청나게 조여들고 있어……! 아아…… 하아…… 윽, 으윽……!"

이치미야 씨는 참기 힘든 듯 눈썹을 찌푸리며 이를 깨물었다. 온몸에 촉촉하게 배어든 땀이 나를 적셔왔다.

"아아, 대단해! 이런 거……!"

커다란 그의 분신이 나의 그곳으로 깊숙이 잠겨들었다.

남자에게 안겨 있다는 느낌에 푹 젖은 나는 세차게 머리칼을 흔들며 쾌감에 빠져들었다.

두 사람의 혀와 타액이 서로 정신없이 얽혀드는 동안, 이치미야 씨는 침대가 삐걱거릴 정도로 한층 더 격렬하게 허리를 놀렸다.

"아아아윽! 우우, 윽!! 아……!"

"아아, 아스카 씨……! 아스카 씨……! 아아, 안 돼……!"

찌걱… 찌걱……. 에로틱한 소리를 타고 폭풍처럼 몰아닥치는 쾌감에 나는 미친 여자처럼 비명을 질렀다.

"아아아아아아아악!! 그만!!! 나, 그만……!!! 아아, 아흐아아아아아!!!"

아……!!

사정하기 직전에 내게서 분신을 빼낸 이치미야 씨는 내 가슴에 엄청난 양의 하얀 액체를 흩뿌렸다.

뜨거워……!

커다란 물건 속에서 뿜어져 나오는 뜨거운 욕망의 샤워를 받아내며, 나는 어느새 정신을 잃고 말았다…….

*　　　*　　　*

아침에 눈을 뜨자마자,

"야마나시의 맛있는 음식을 먹고 싶어!"

하고 보채는 나.

이치미야 씨는 웃으면서 맛있는 호우토우(야마나시의 향토요리. 오랫동안 우려낸 국물에 야채를 듬뿍 넣어 먹는 우동으로, 된장으로 간을 맞춘다:역자 주) 집에 데리고 가주었다.

된장 국물을 후룩거리며 마시고 있자니, 어젯밤의 일이 역시 꿈만 같았다. 간밤에 깊은 잠을 자서 그런지 더더욱 그랬다.

소믈리에의 얼굴로 돌아온 이치미야 씨가 고슈 와인은 호우토우와도 잘 어울린다고 강조했다.

그리고 기자의 얼굴로 돌아와 열심히 메모를 하는 날 보며 문득 이렇게 중얼거렸다.

"저한테는 약혼자가 있어요. 커다란 와이너리를 소유한 집안의 딸이죠……. 할아버지와 아버지가 남겨놓은 와이너리를 지키기 위해, 저는 결혼을 한답니다."

내가 눈을 동그랗게 뜨고 쳐다보자, 그는 조금 처연해 보이는 미소를 지었다.

"시시한 인생이죠? 약간은 자포자기 상태였어요. 하지만 당신을 만나 다행이에요."

그의 미소가 바뀌었다. 좀 더 밝은, 꿈꾸는 듯한.

"고마워요. …같이 꿈을 꿔줘서."

식사 후, 이치미야 씨는 차를 몰아 고후분지의 비탈면에 펼쳐진 포도밭을 보여줬다.

"같은 품종이라도 밭의 위치에 따라 맛이 달라요. 토질이나 배수 같은 미묘한 차이가 맛에 영향을 주거든요."

"에, 그래요?!"

"네. 무척 섬세한 식물이랍니다. 포도가 제일 맛있는 밭으로 데려다 줄게요."

이치미야 씨는 어떤 농장의 직판장에 차를 세우더니, 한 손으로 다 들 수 없을 만큼 큰 거봉 포도를 사줬다.

한 알 따먹어본 나는 깜짝 놀랐다.

우와, 엄청 달아! 막 따서 이렇게 신선한 건가?! 슈퍼에서 파는 것과는 차원이 달라!

"아니. 밭을 잘 일궈서 그런 거라니께."

밀짚모자를 쓴 포도밭의 아주머니가 자랑스레 가슴을 폈다.

"정말 달고 맛있네요. 아~ 피로가 싹 가시는 것 같아!"

"포도당이 듬뿍 들었잖아요. 포도는 네큰할 때 먹으면 좋은 에너지원이 된답니다."

네큰……?

"피곤하다는 뜻의 이 지역 방언이에요."

그러더니 이치미야 씨는 엉큼하게 웃으며 나를 바라봤다.

"그렇게 노곤했어요?"

나는 새빨개져서 말없이 포도만 열심히 따먹었다. 와~ 껍질째 먹어도 맛있네!

*　　　*　　　*

도쿄로 올라가는 고속버스 역까지 배웅을 나온 이치미야 씨는, 고슈의 명물 과자인 신겐모치(인절미와 비슷한 떡에 꿀을 뿌려 먹는 야마나시 현의 선물용 과자:역자 주)를 내 손에 쥐어줬다.

"저 이거 무척 좋아해요!"

"그래요? 다행이네요."

은은하게 미소 짓는 모습은 다시 봐도 무척 멋있었다.

마지막으로 다시 한 번 더 키스하고 싶었지만, 사람들의 눈이 있어서인지 이치미야 씨는 예의 바르게 거리를 두고 서 있었다.

"그럼 건강하세요. 편집장님께도 감사했다고 전해주세요."

뭘 감사해요? …뭐, 알고 있지만.

인사를 나누고, 괜히 쓸쓸한 기분이 되어 열차에 올랐다.

차창 밖의 이치미야 씨는 여전히 단정하게 미소를 짓고 있었다.

하지만 자세히 보니 마디가 새하얗게 질리도록 주먹을 꼭 쥐고 있었다.

안녕, 나의 아그레아블…….

그의 입술이 그렇게 움직였다.

버스에서 뛰어내리고 싶은 충동을 간신히 참고 고개를 앞으로 돌렸다.

예정된 시각이 되자 버스가 출발했고, 나는 다시 돌아보지 않았다.

"역시 맛있네… 신겐모치……."

아무리 생각해도 이건 정말 애달픈 직업이에요, 편집장님……

〈이세시마〉
치명적으로 아름다운 해녀의 유혹

"인터뷰하자는 기자가 당신?"

물방울을 뚝뚝 떨어뜨리며 바다에서 막 올라온 그 해녀를 쳐다본 순간, 나는 숨을 멈췄다.

와아! 너무 예쁘다…….

해녀는 죄다 할머니일 줄 알았는데 이렇게 젊은 해녀도 있었구나.

어벙벙하게 서 있다가, 그녀가 응? 하듯 고갯짓을 하자 허겁지겁 인사했다.

"아! 자, 잘 부탁드립니다. 저는 푸드 저널리스트인 모리타…….."

"무슨 얘기를 하면 되죠?"

그녀는 나른한 몸짓으로 물안경을 벗으면서 바위에 앉았다.

헉! 조금 까칠한 사람인 것 같아.

나는 잔뜩 쫄면서 그녀에게 다가갔지만, 그녀가 바다에서 안고 온 통 속을 들여다보고는 '와아!' 하고 환호성을 질렀다.

"대단하다! 소라! 전복! 에— 이건 뭐지?!"

소라는 단단한 껍질 속에 숨어 있었지만, 신선한 전복이 꿈틀거리는 모습을 보자 이성을 잃고 말았다. 너무 맛있어 보여!

군침을 흘리며 호들갑을 떠는 날 보자 해녀가 드디어 약간 미소를 지었다.

"먹고 싶어요?"

"에? 에? 그래도 돼요? 정말요~?!"

그녀는 풍로를 꺼내 오더니 갓 잡은 해산물들을 숯불에 구워줬다.

앗싸! 땡잡았다!

이세시마(伊勢志摩)의 바다를 바라보며 숯불에 구워먹는 싱싱한 해산물이라니! 소라에서 뚝뚝 떨어지는 즙을 한 방울도 흘리지 않고 쪽쪽 빨아먹으며 나는 몸을 떨었다.

"진짜 맛있어요! 최고!"

"좋아해 주니 다행이네. 그럼 먹고 가요. 난 다시 들어가 봐야 하니까."

…벌써?!

그럼 안 되는데!

인터뷰를 하나도 못 땄단 말이야!!!

"아……, 저기……, 그게……."

허겁지겁 그녀를 잡으려 했다.

그녀는 부드러운 흑발을 어깨 뒤로 넘기더니, 생긋 웃어 보였다.

"나머지는 나중에 밤에 해요. 해가 지기 전에 많이 잡아둬 야 하니까."

그러면서 그녀는 한치의 망설임도 없이 하얀 파도가 일렁 이는 바다 속으로 스르륵 잠겨들었다.

나는 소라를 든 채 그저 멍하니 그 모습을 바라봤다.

"아무튼! 완전 미인이라니까?! 정말이지 치명적인 아름다 움을 가진 해녀!"

내가 호들갑을 떨자 수화기 너머의 레오도 덩달아 흥분했 다.

"정말?! 나 지금 당장 내려간다?!"

"얼른 와! 농담 아니야! 빨리 와서 그 여자를 봐야 해!!"

후훗! 경비 문제 때문에 그렇게 간단히 올 수 있겠어?

레오를 약 올리고 싶어서 나는 생각나는 대로 마음대로 지 껄였다.

"완전 섹시하다니까? 모델 저리가라야!"

그런데,

"호오. 그래? 그럼 꼭 설득해, 아스카."

엣?! 전화 목소리가 갑자기 바뀌자 깜짝 놀랐다. 펴, 편집장님?!

가슴이 두근두근 물결치기 시작했다.

얼마 전, 고슈의 와이너리를 방문했을 때 한 남자와 사랑을 나눴다.

그때… 분명 그 남자와 관계를 가지며 있었던 기묘한 상상 때문에, 그 이후로 사무실에서 이상하게 편집장님을 대하기 어려워졌다. 어색하다고 해야 할까.

그래서 이 인터뷰를 핑계로 억지로 내려온 건데, 여기서 불시에 목소리가 들리다니! 치사해!

"이가미 사키 씨였나? 미인이라는 소문은 들었어. 인터뷰를 싫어해서 이번에도 겨우 섭외했다더군."

겨우겨우 태연한 척 목소리를 가다듬었다.

"네. 그런 것 같더라고요."

"사진은 안 찍겠다고 했지만 너라면 허락해 줄지도 몰라. 꼭 설득해, 아스카."

나는 편집장님의 말씀에 크게 당황했다. 에? 나더러 어떻게 설득하라고?

전화를 끊고, 나는 또 다시 이세시마의 바다를 멍하니 바라봤다.

나더러… 저 바다 속에 있는 인어를 구워삶으라고~?!

"아니. 사진은 싫어요."

역시나 쌀쌀맞은 대답에 나는 고개를 수그리고 '알겠습니다……' 하고 중얼거렸다.

죄송해요, 편집장님. 이 언니 너무 무서워요. 오늘 무사히 인터뷰를 마칠 수 있을지…… 흑흑.

맘 같아서야 따뜻한 사케를 마시며 밤새 수다라도 떨고 싶지만, 사진이 안 된다고 해서 인터뷰를 그만둘 순 없었다. 이 인터뷰만 해도 얼마나 노력해서 따낸 건데, 이세의 해녀 중 단연 돋보이는 미녀로 유명한 그녀를 만나고서 빈손으로 돌아갈 수는 없으니까.

난 수첩을 꺼내 자세를 잡았다.

"그럼… 왜 해녀가 되고 싶으셨어요?"

"당신은 왜 푸드 저널리스트를 직업으로 선택한 거죠?"

"에?! 그, 그건……."

날카로운 태도에 간신히 세웠던 꼬리가 다시 돌돌 말린다.

이럴 줄 알았어. 자꾸 말꼬리만 붙잡고 제대로 말해주지 않잖아.

"사키! 데푼 걸로 할 끼가?"

술집 주인으로 보이는 남자가 다정하게 말을 걸어왔다.

자신이 잡은 해산물을 사주는 단골 가게일 텐데, 사키 씨는 웃음기 없는 얼굴로 냉랭하게 고개를 끄덕였다. 남자가 내 쪽으로 눈을 돌렸다.

"하이고~ 아가씨도 이 지지바 상대하구로 고생이 많데이!"

"에?! 아, 아니에요……."

따뜻하게 데운 술이 나오자 사키 씨는 자작을 하며 연거푸 술잔을 비웠다. 긴 속눈썹이 눈꺼풀 아래로 그림자를 드리워 어찌나 섹시하던지…….

이렇게 예쁘게 생겼는데 왜 사진 찍기를 싫어할까……?

나는 손으로 카메라를 만지작거리며 조심스럽게 그녀를 훔쳐봤다. 내 시선을 느꼈는지, 사키 씨가 눈을 들더니 어딘지 심술궂게 중얼거렸다.

"정 못 참겠으면… 한 장 정도는……."

"에?! 사진 찍어도 돼요?!"

화들짝 놀라서 고개를 들이밀었다. 그녀는 남아 있던 술을 입안에 톡 하고 털어 넣더니 진한 미소를 그렸다.

아, 예쁘다.

"당신이 밤새 동무가 돼준다면."

엣! 그 정도면 되는 거였어?!

나는 사키 씨의 손을 덥석 잡았다.

"네! 이틀 밤, 사흘 밤이라도 같이 있어드릴게요!"

사키 씨가 눈을 동그랗게 뜨더니 웃음을 터뜨렸다.

"참 둔하네. 원래 항상 이래요?"

사키 씨가 내 손을 잡더니 술집 밖으로 끌고 나왔다. 계산도 치르지 않았지만 주인아저씨는 익숙하다는 듯 손을 흔들며 우리를 배웅했다.

갑자기 사키 씨에게 이끌려 밖으로 나온 나는 영문을 몰라 멍하니 그녀를 쳐다봤다.

"에······? 자, 잠깐만요!"

헉—!! 갑자기 왜 이래?!

사키 씨에게 안기자 나는 얼굴이 새빨개져서 패닉에 빠졌다.

밤새 동무를 한다는 게, 설마 이런 의미였어?!

어째서?! 저쪽도 여자잖아!

"자, 잠깐만요! 사키 씨!"

사키 씨가 짓궂게 웃으며 손가락으로 내 턱을 쳐들었다.

"날 바라보고 있었잖아."

우, 와악—!!

천천히 새빨간 입술이 다가오자, 남자의 것이 다가올 때와는 또 다른 당혹감이 밀려왔다.

아니, 물론 예쁘다고 생각하며 계속 쳐다보긴 했지만 동성한테 그런 욕구를 느끼진 않는데······.

이러면 곤란하지!

이, 이러면 곤란하다고—!!!

그렇게 생각했지만 막상 입술이 닿자 다리에 힘이 풀려 버렸다.

"아······."

부드러워······.

나도 모르게 부둥켜안은 사키 씨의 몸은 역시 가늘고 부드러웠다.

사키 씨가 부드럽게 쪼듯이 윗입술과 아랫입술을 차례로 빨자, 왠지 정신이 아득해졌다.

어렴풋이 술 냄새가 나는 혀가 갑자기 미끄러져 들어왔다. 나는 자연스럽게 그 혀를 받아 삼키며 후드득 몸을 떨었다.

어떡하지, 기분이 너무 좋아…….

물기를 머금은 소리를 여운으로 남긴 채 사키 씨의 입술이 멀어졌다. 달콤한 숨을 내뱉은 그녀가 가만히 나를 쳐다봤다.

그런데 그 젖은 입술로… 사키 씨는 내게 이렇게 말하는 것이었다.

"난 당신 같은 사람 정말 싫어. 짜증나……."

가슴이 뻐근하게 아파왔다.

그럼 왜 날…….

사키 씨가 다시 내게로 손을 뻗었다.

호텔 방문을 닫자마자 사키 씨는 나를 등 뒤에서 꼭 껴안았다.

"아스카……."

"아……! 사, 사키 씨……."

싫다고 해야 하는데, 그 팔도 목소리도 너무 뜨거워서 꼼짝도 할 수 없었다.

나보다 키가 훨씬 크구나…….

낮에는 짠내가 났는데, 지금은 살짝 향수 냄새가 나…….

그런 생각을 하는 동안 왠지 가슴이 두근거렸다.

사키 씨는 나를 벽으로 밀어붙인 뒤 등부터 천천히 쓰다듬었다.

그리고 캐미솔을 벗기더니 부드러운 입술로 등을 천천히 간질이기 시작했다.

가는 손가락이 내 허리께를 살짝 더듬었다.

"아……!"

벽에 볼을 댄 채로 오싹오싹해지는 느낌을 애써 참았다.

"머리칼이 아름다워……."

손가락이 내 머리카락을 매만지고, 입술이 어깨에서 목덜미, 견갑골, 등줄기를 차례대로 더듬었다.

신음을 내지르고 싶어질 정도로 천천히, 부드럽게.

"아……! 사, 사키 씨…… 윽……!"

"가만히 있어……."

가슴이 갑자기 허전해졌다. 나는 긴장을 못 이기고 눈을 꼭 감았다.

소리도 없이 브라의 후크를 푼 사키 씨는 도자기를 어루만지듯 내 어깨부터 가슴으로 손을 미끄러뜨려 어깨끈을 내렸다.

"아아……."

모든 게 너무 부드럽고 달콤해서 탄식만 터져 나왔다.

내가 싫다고 해놓고…….

사키 씨의 차가운 말이 자꾸 머릿속에 맴돌았다.

돌아서서 키스하고 싶었지만, 무서워서 돌아볼 수가 없었다……

툭.

무언가가 바닥에 떨어지는 소리가 났다. 사키 씨가 셔츠를 벗어 바닥에 떨어뜨리고는 둥글고 부드러운 두 언덕을 내 등에 밀착시켰다.

아! 기분 좋아…….

살과 살이 맞닿는 느낌이 너무 좋아 또 다시 신음이 새어나왔다.

사키 씨의 손이 겨드랑이를 타고 가슴께로 향하려는 순간, 나도 모르게 움찔해서 두 팔을 오므려 가슴을 감쌌다.

그 팔을 붙잡더니 사키 씨가 언성을 높였다.

"가만히 있으라고 했잖아!"

"죄, 죄송해요……."

사키 씨는 그대로 내 두 팔을 벽에 붙였다.

"이대로 움직이지 마."

"네……."

이마와 팔을 벽에 댄 채, 나는 가만히 고개를 끄덕였다.

사키 씨의 손이 팔을 따라 올라가더니 견갑골을 어루만졌다.

그리고 이내 다시 가슴으로 넘어와 그 윤곽을 더듬었다.

"아아아…… 앗…… 하아…….."

부드럽게 쓰다듬듯 가슴을 애무하고, 유두를 꼬집고, 그리고 등에는 부드러운 자신의 가슴을 밀착시켰다.

나는 몸을 뒤틀며 벽에 손톱을 세웠다.

아아, 어떡하면 좋지…….

"으응…… 하아! 아아…… 아아앙……."

"…좋아?"

짓궂은 사키 씨의 목소리.

그리고는 내 치마 지퍼를 내려 바닥에 툭 떨어뜨리더니, 팬티를 살짝 건드린다.

사키 씨는 내 등에서 몸을 뗐다.

아…… 허전하다…… 하고 살짝 아쉬운 마음이 든 다음 순간…….

사키 씨가 바닥에 무릎을 꿇자 나는 당황해서 뒤돌아봤다.

"아앗! 부끄러워요……!"

"조용히 있어."

"하, 하지만……!"

하지만 곤란해요……!

이대로 팬티를 내리면 거기가 훤히 보일 텐데!

새빨간 얼굴로 저항하는 나를 아름다운 눈동자가 서늘하게 올려다봤다.

"건방진 아이네……."

움찔한 나는 몸을 움츠렸다.

부드러운 목소리였지만 거역하고 싶지 않았다.

그 서늘한 눈빛에 사로잡혀 버린 것이다…….

사키 씨가 내 허리를 붙들더니 억지로 앞을 향하게 했다.

벽에 엎어진 채로 난 불안에 떨었다.

하지만 움직일 수 없었다.

무릎을 꿇은 채로 내 팬티를 잡은 사키 씨는 애태우듯이 천천히, 아주 천천히 손을 내렸다.

"아아……! 아…… 안 되는데……."

나는 너무 부끄러워서 두 손으로 얼굴을 감쌌다.

그곳은 분명히 엄청 젖어 있을 것이다. 분명히 엄청 젖어서…….

허벅지까지 팬티를 내린 사키 씨가 내 그곳을 들여다봤다. 그리고 그녀의 뜨거운 숨결이 느껴질 정도로 입술을 가까이 대더니 속삭였다.

"푹 젖어서 번들거리는데……?"

"앗……! 제발……!"

사키 씨는 손끝 하나 대지 않았는데 다리가 후들거리면서, 나는 가볍게 흥분하고 말았다.

그걸 들키지 않기 위해 나는 이를 악물고 필사적으로 버텼다.

아아, 이제……

미쳐 버릴 것 같아, 나…….

어중간하게 팬티를 내린 채로, 그녀는 내 수풀 속으로 손가락을 뻗었다.

부드럽게 눌렀다가 가볍게 헤집는 손놀림에 다리가 부들부들 떨려왔다.

손가락을 벌려 내 은밀한 꽃잎을 젖힌 그녀가 후훗, 하고 웃었다.

"아스카 씨의 진주를 찾았다……. 귀여워……. 핑크색에…… 매끈매끈하네."

"아아……. 사키 씨……."

나도 모르게 사키 씨의 검은 머리칼 속으로 손가락을 집어넣었다.

사키 씨의 머리칼을 부여잡은 채, 다음에 일어날 쾌감을 예감한 나는 벽에 등을 꽉 밀착시켰다.

그녀의 혀가 다가오고 있었다.

할짝…….

"아아아앙……!!!"

예리한 쾌감이 등줄기를 타고 흐르자 나는 세차게 몸을 젖혔다.

"아, 안 돼요……! 사키 씨……!"

츄읍…… 할짝, 할짝…… 츄으읍…….

따뜻한 혀가 나의 그곳에 딱 붙어서 꿈틀대자, 촉촉히 물기 어린 소리가 딱딱한 호텔 방 안에 울려 퍼졌다.

"아아응…… 으……. 아아아학……! 으으응……!"

그 느낌이 너무 달콤한 나머지 녹아버릴 것 같았다…….

사키 씨의 혀가 천천히 미끄러지더니 내 진주를 굴리기 시작했다.

"흐아……! 으…… 아아아…… 윽……!"

아아, 더 이상 서 있을 수가 없었다…….

나는 온몸을 부들부들 떨면서 사키 씨에게 애원했다.

"…사, 사키 씨……! 이… 이제 제발, 그만……!"

"왜?

"서… 있을 수가……. 앗… 아흐아아아…… 안 돼……!"

그녀의 가는 손가락이 젖은 벽을 타고 내 은밀한 곳의 입구까지 미끄러져 들어갔다.

"이 안에는 뭐가 있을까?"

사키 씨가 손가락을 빙글빙글 돌리며 그곳을 자극하자 나는 비명을 질렀다.

내 진주를 살짝 물고 혀로 간질이는 동시에 손가락은 내 은밀한 동굴 속으로 쑥 밀어 넣었다.

"흐아아아아앙……!"

손가락이 들어오는 느낌을 이겨내지 못하고 나는 바닥으로 스르륵 주저앉았다.

"벌써 이러면 안 되지…….'

사키 씨의 속삭임이 고막에 퍼졌다. 나는 저항할 기운도 없이 그저 가쁜 숨을 몰아쉴 뿐이었다.

사키 씨는 내 다리를 크게 벌리더니 자신의 허리를 다리 사이로 밀착시켰다. 그리고는…….

두 개……?

아니, 세 개……?

사키 씨의 손가락이 끊임없이 그곳으로 밀려 들어왔다. 의식을 잃어가는 내 눈앞에 아름다운 사람이 어렴풋이 미소 짓는 게 보였다.

"가만히 있어, 아스카……."

안아줄게…….

내 은밀한 곳을 가득 메운 사키 씨의 손가락.

사키 씨를 부둥켜안은 내 손가락에 힘이 꽉 들어갔다.

"우…… 아아아아…… 윽……!"

세, 세 개인가… 이거…….

아…… 대, 대단해……!

"너무 쉽게 들어가는데?"

사키 씨가 불만스럽게 중얼거렸다.

"꽤 놀았나 봐?"

"아…… 아니에요……!"

나는 필사적으로 고개를 흔들었다.

오해하지 말아요, 사키 씨.

나 그렇게 문란한 사람 아니에요…….

"으아아학…… 아아……!"

"거짓말. 근데 이렇게 잘 느낀다고?"

사키 씨가 능숙하게 손가락을 움직이자 나는 시트 위를 뒹굴며 몸부림쳤다.

아아, 기분 좋아……!

기분 좋아…… 아윽……!

"어디가 기분 좋지?"

사키 씨가 손가락을 쿡 쑤셔 넣자 눈앞에 불꽃이 튀는 것 같았다.

"거, 거기……!"

"흐응……. 여기는……?"

사키 씨가 은밀한 그곳에 쑤셔 넣은 손가락 관절을 구부려 내 붉은 꽃잎을 뭉개듯 넓게 문지르자 나는 '아아아악!' 하고 자지러지듯 비명을 질렀다.

"안 돼! 오줌이 나올 것 같아요……!"

아, 안 돼! 기분이 너무 이상해……!

온몸에 땀이 밴 나는 사키 씨를 다급하게 부여잡았다.

낭창낭창한 몸을 나에게 밀착시킨 채 손으로 기분 좋은 곳만을 애무해 주는 사키 씨.

"후아아아…… 우……!"

사키의 입술이 덮쳐왔고, 나는 정신없이 그 달콤한 혀를 받아 삼켰다.

투명하고 달콤한 꿀이 흘러 들어오는 것 같았다…….

사키 씨의 손가락이 능숙하게 내 꽃잎 속 꽃봉오리를 희롱하자 온몸이 쾌감으로 뒤덮이는 것 같았다.

어, 어떻게 이렇게 능숙할 수가 있지……?! 어떻게 이렇게 잘 알지?!

녹아버릴 것 같은 키스와 능수능란한 애무에 내 몸은 너무도 간단히 절정으로 치달았다.

눈앞에서 시뻘건 불덩이가 무서운 속도로 부풀더니, 순식간에 산산이 부서져 내렸다.

"흐아아아아아아아앙!"

온몸이 뻣뻣하게 굳어왔다. 죽을 것처럼 비명을 내질렀지만 사키 씨는 나를 잡은 손길을 늦추지 않았다.

"아아아악! 그, 그만……!! 사키 씨! 제발……!!"

"아직이야. 더 황홀하게 해줄게."

그렇게 말하면서 사키 씨는 내 가슴으로 입을 가져갔다.

입으로 꼿꼿하게 솟아오른 유두를 달콤하게 깨무는 한편, 손가락으로 살살 긁듯이 은밀한 계곡을 헤집는 사키 씨. 나는 세차게 머리칼을 흔들며 절규했다.

"아아아! 아, 안 돼……!! 또……!!"

걷잡을 수 없이 달아올라 애가 타기도 하고, 무섭기도 해서 그녀를 꼭 껴안은 순간…….

사키 씨가 송곳니로 유두를 꽉 깨물었다. 예리한 통증에 허리를 용수철처럼 솟구쳐 올림과 동시에, 의식은 저 멀리 어디론가 날아가 버렸다.

"…크흑……!!!!!"

처음 느끼는 감각이었다.

새하얀 공기 위를 두둥실 떠다니던 의식이 깃털처럼 하늘하늘 바닥으로 잠겨들었다…….

"웅······. 우······. 어라······?"

눈부신 아침햇살에 눈을 떴다. 어느새 잠이 들었었는지, 화려한 방의 침대 위에는 나밖에 없었다.

사키 씨의 기척이 전혀 느껴지지 않았다.

"에······. 거짓말······."

혹시나 하고 이리저리 둘러보던 나는 침대 위에 멍하니 앉아 있었다.

가버린 거야······?

문득 서글퍼져서 베개를 부둥켜안았다.

너무해, 사키 씨.

아침까지 같이 있자고 해놓고선.

온몸에 새겨진 잇자국과 키스마크.

서늘한 눈동자의 사키 씨는 믿을 수 없을 만큼 뜨겁고 격렬하게, 그리고 몇 번이나 정신을 잃게 만들 정도로 날 뒤흔들었다.

그래놓고 가버렸다고······?

난 시무룩해져서 침대를 빠져나왔다.

하지만 바다를 보려고 베란다에 나갔을 때 '앗!' 하고 소리를 질렀다.

해안의 울퉁불퉁한 바위 위에서, 비키니에 물안경 차림의 사키 씨를 발견한 것이다······.

"너무 예뻐······."

아침햇살에 빛나는 바다를 아련하게 바라보는 옆모습.

나는 얼른 방으로 뛰어 들어가 카메라를 찾았다.

"이런! 망원 렌즈가 없어!"

하지만 저 모습을 꼭 찍고 싶어!

허둥지둥 옷을 갈아입고 바닷가로 뛰어나갔다.

"사키 씨!"

사키 씨는 헉헉거리며 뛰어오는 나를 돌아보며 미소 지었다.

어제 처음 만났을 때와는 딴판인 다정한 미소였다.

"잘 잤어? 용케도 찾았네."

"창문에서 보였어요. 저어…… 사진 찍게 해주세요!"

사키 씨가 눈을 동그랗게 뜨더니, 난처한 얼굴로 웃었다.

"사진 찍는 거 별로 안 좋아하는데."

"그, 그래도! 약속했잖아요!"

밤새 동무를 해주면 사진 찍게 해주겠다고, 사키 씨가 말
했잖아요!

사키 씨가 눈썹을 찌푸렸다.

"…사진 찍자고 같이 잔 거야?"

"아니에요!"

나는 얼른 고개를 흔들었다.

"아름다우니까 찍고 싶은 거예요. 바다에 있는 사키 씨가
너무 아름다워서……."

사키 씨는 생각에 잠긴 듯 바위에 모아놓은 조개들을 만지
작거렸다.

대단해! 아침부터 이렇게 많이 잡다니…….

잠깐의 침묵이 흐르고, 이윽고 그녀는 고개를 들더니 조금 멋쩍은 듯 미소를 지어줬다.

"…맘대로 해."

앗싸! 나는 기쁜 마음으로 카메라를 잡았다.

몇 장 찍은 뒤에 화면을 확인해 본 나는 절로 탄성을 터뜨렸다. 나 같은 초보자가 찍어도 이렇게 예쁘다니.

"아─! 사진기자 데리고 오고 싶다!"

그럼 얼마나 장난 아닌 그림이 나올까. 하지만 사키 씨는 완고하게 고개를 흔들었다.

"싫어. 못 찍게 할 거야."

그러면서 손톱으로 파도를 톡톡 쳤다.

"아스카 씨만 날 찍을 수 있어."

뷰파인더 안에서 그녀가 다정하게 미소 짓자 나는 황급히 셔터를 눌렀다.

잠수로 단련된 몸은 보기 좋게 복근이 잡혀 있었고, 마치 운동선수처럼 탄력이 있었다.

하지만 풍만하게 흔들리는 가슴은 눈이 부시도록 아름다웠다.

*　　　*　　　*

"이세우동은 먹어봤어?"

"아뇨. 빨리 먹어보고 싶어요!"

나는 사키 씨가 모는 차의 조수석에 앉아 흥분해서 목소리를 높였다. 아침 바다에서의 시간 후 그녀는 좀 더 나를 다정하게 대해주었다. 난 그 점이 신이 나서, 식사를 하러 나가자는 그녀를 따라나서 재잘재잘 떠들기에 바빴다.

"이세신궁(伊勢神宮, 이세에 있는 웅장한 건축물이 특징인 거대한 신사:편집 주)은?"

"으음……. 글쎄?"

사키 씨가 웃음을 터뜨렸다.

"정말 먹보구나."

"푸드 저널리스트니까요."

오카게요코쵸(이세신궁 앞에 위치한 먹거리 골목: 역자 주) 한 구석에 자리한 우동 가게에는 벌써 사람들이 줄을 서 있었다.

주문한 우동이 나오자 나는 다시 한 번 더 놀랐다.

시커먼 간장소스가 뿌려진, 무척이나 박력 넘치는 굵은 면발이었다.

한입 먹어본 뒤 나는 또 소리를 질렀다.

"우와! 부드러워! 면발에 탄력이 너무 없는 거 아니에요?!"

사키 씨가 고개를 갸웃거렸다.

"그래? 난 우동은 다 이런 건 줄 알았는데."

아하! 그렇겠구나.

현지인에게 사랑받는 맛, 이라고 메모하는 나를 보고 사키 씨가 빙긋 웃었다.

"애들은 모르는 맛이라고 하더라고."

"음. 전 애가 아닌데요."

"그래. 꽤 성숙했지."

사키 씨가 테이블 아래로 살그머니 내 허벅지를 쓰다듬자 볼이 발갛게 달아올랐다.

짓궂은 손가락이 원을 그리듯이 무릎을 어루만지는 바람에 젓가락 끝이 떨려왔다.

"사키 씨, 먹을 수가 없잖아요……."

"후후. 왜……?"

그때 가방 안에서 핸드폰이 울렸다. 액정을 확인하니 『편집장님』이라고 쓰여 있었다.

레오인가? 뭐지? 편집장님이 나한테 직접 전화하실 일이 없는데…….

"잠깐 전화 좀 받을게요."

사키 씨한테 양해를 구한 뒤 핸드폰을 받았다.

"어때, 취재는 순조로워?"

우왓! 진짜 편집장님이잖아!

예상치 못한 편집장님의 전화에 깜짝 놀랐다.

"아, 네! 지금 이세우동을 먹고 있어요."

하지만 왠지 사키 씨랑 같이 있다는 말은 할 수가 없었다.

"호오. 좀 놀랐겠군?"

"네. 이거 맛있는 거 맞아요?"

주인아저씨가 나를 흘끔 째려봤다. 아, 이런……. 나는 허둥대며 식당 밖으로 나왔다.

"사누키(카가와현의 옛 지명. 우동이 유명한 지방이다:편집 주)나 간사이 우동에 익숙한 사람한테는 먹기 어려울지도 모르지. 하지만 그 맛에는 이유가 있어. 많은 참배객들에게 빨리 제공하려면 삶는 시간이 짧아야 하기 때문에 면발에 힘이 없어졌다고도 하고, 장시간 여행으로 피곤한 사람들의 소화를 돕도록 면을 부드럽게 했다는 얘기도 있어."

"헤에~ 그렇군요."

"여러 가지 배경을 토대로 그 지방의 독특한 맛이 생겨나는 거야. 한 가지 가치관만으로 사물을 판단하면 안 돼."

"알겠습니다."

"그래. 좋은 경험 쌓고 와."

그렇게 말하더니 편집장님은 금방 전화를 끊었다.

폭풍 같은 통화가 끝나고나자 갑자기 멍해졌다.

응? 근데 용건은 뭐였을까?

"혹시 걱정해 주신 건가⋯⋯?"

"애인?"

갑자기 뒤에서 사키 씨의 목소리가 들려왔다. 나는 깜짝 놀라 뒤를 돌아봤다.

"에! 아, 아니에요!"

"흐응. 그럼 좋아하는 남자로군."

사키 씨가 발길을 휙 되돌리더니 신궁 쪽으로 걸어갔다.

나는 당황해서 그 뒤를 쫓았다.

"아니에요. 편집장님한테 온 전화예요."

사키 씨가 기분 나쁜 듯한 얼굴로 날 가만히 쳐다봤다.

"그럼 편집장님을 좋아하나 보지."

에?!

순간적으로 말문이 막혔지만, 이내 더듬거리며 변명을 했다.

"아니에요. 존경하는 선배지만 설마 그런, 좋아한다니 말도 안 되는……."

사키 씨는 말없이 신궁 안을 걷다가, 아무도 없는 이스즈(五十鈴)강 쪽으로 뛰어갔다.

강에 반사되는 햇빛은 바다처럼 아름다웠다. 그리고 그 앞에 서 있는 사키 씨는 분명 더욱 아름다워 보였다.

흑발을 휘날리며 가만히 바람을 맞고 있던 그녀가 돌아서서 말했다…….

"당신이 누굴 좋아하든 상관없어. 하지만 여기 있는 동안 당신은 내 거야."

강변을 따라 맑은 물소리가 들려왔다.

"사키 씨……."

차가운 어조와는 달리… 가슴 아픈 무언가가 내 마음을 두들겨서, 난 아무 말도 할 수 없었다.

*　　　*　　　*

사키 씨는 해변에 쓸쓸하게 지어진 작은 판잣집으로 날 데리고 간 뒤 문을 쾅 하고 닫았다.

강한 짠내. 어두컴컴한 실내에 난로, 땔감용 나무, 조개껍데기가 이리저리 널려 있었다.

"여긴……."

"해녀들이 일하다 잠깐 쉬는 곳이야."

신기해서 두리번거리는 날 사키 씨가 꼭 껴안았다.

"아무도 안 와요……?"

"안 와. 오늘은 파도가 세서 모두 쉬는 날이야."

어딘지 무뚝뚝한 말투……. 웃어주지 않으니까 어떻게 해야 할지 알 수 없었다.

사키 씨가 내 눈꺼풀에 입을 맞추자 나는 얼굴을 들었다. 내가 먼저 키스하려고 다가가는 순간, 사키 씨의 입술이 움직였다.

"벗어."

"네……?"

"벗으라고."

나는 사키 씨를 가만히 바라보며 옷에 손을 갖다 댔다.

한 꺼풀, 한 꺼풀, 옷을 벗는 나를 사키 씨 역시 가만히 바라봤다.

속옷만 남아서 주저하고 있을 때, 사키 씨가 그것도 벗으라며 눈으로 재촉했다.

떨리는 손으로 브라의 후크를 풀고, 숨을 크게 들이쉰 후 눈을 꼭 감고 팬티를 내렸다.

부끄러워……. 혼자만 알몸이 되자 너무 부끄러워 손으로 가슴과 아랫배를 가렸다.

"손 치워."

사키 씨가 낮은 목소리로 명령하자 왠지 아찔해졌다.

나는 눈을 꼭 감은 채로 천천히 손을 내렸다.

"눈 뜨고 날 봐."

천천히 눈을 떠봤다.

팔짱을 낀 사키 씨가 마치 날 감상하는 것처럼 검지를 입술에 대고 혀를 살짝 내밀었다.

"……아름다워. 아스카."

순간적으로 아랫도리가 묵직해지는 것에 나는 당황했다. 왜? 저 사람은 여자인데.

그런데 왜 시선이 내게 닿는 것만으로도 이렇게 가지고 싶어지지……?

살짝 안쪽 허벅지를 꼬는 나를 보고 사키 씨가 눈을 빛냈다.

난로 옆의 좁은 공간을 가리키며 그녀가 짓궂게 명령했다.

"당신의 조개를 보여줘."

거기에 손을 대고, 엉덩이를 들어.

눈이 그렇게 말하고 있다.

나는 숨만 꿀꺽 삼킨 채 꼼짝 못하고 서 있었다.

"어서."

그녀가 재촉했다.

떨면서 바닥에 손을 짚었다. 눈을 꼭 감고 엉덩이를 추켜올렸다.

순간적으로 나의 은밀한 그곳이 확 벌어지는 느낌이 들었다. 당황한 나는 엉겁결에 힘을 꽉 줬다. 사키 씨가 후훗, 하고 웃었다.

"정말 조개 같아. 끈적끈적하게 젖어서 꿈틀거리는 모양새가……."

"아아……."

"하지만 이건 핑크색이라 훨씬 더 아름다워……."

사키 씨가 엉덩이를 잡더니 거기에 양쪽 엄지를 가만히 갖다 댔다.

"속까지 핑크일까……?"

그녀의 손가락에 힘이 들어가더니, 천천히 엉덩이 사이의 계곡을 벌리기 시작했다.

"아아……! 사키 씨……!"

너무 부끄러워서 눈물이 핑 돌았다. 하지만 그곳은 불에 덴 듯 뜨거워졌다…….

"굉장해……."

달콤한 탄식을 흘리면서 사키 씨가 중얼거렸다.

"붉은 주름이 꾸물거리면서 투명한 거품을 보글보글 내뿜고 있어. 여기 넣으면 정말 좋을 거야……."

"뭐, 뭘요……?"

"아쉬워……."

그녀의 음성이 촉촉해진다.

"뭐, 뭐가요……?"

"내가 남자가 아니라서……."

그, 그런……!

부끄러움을 참으려고, 나는 입술을 깨물며 고개를 흔들었다.

그보다…… 당신의 숨결이 거기 닿아서 미칠 것 같아요…….

"넣어보고 싶어……."

"넣어… 줘요……."

"뭘?"

"…사키 씨… 손가락……."

사키 씨가 다시 후훗, 하고 웃었다.

"혀는 안 될까……?"

아득히 들리던 파도소리가 갑자기 커진 것 같은 느낌이 들었다.

가까이 들리는 파도 소리의 리듬에 맞춰 그녀의 달콤한 목소리가 울려 퍼졌다.

여기 혀를 넣을 거야.

저 깊은 곳까지, 마음껏…….

어때?

사키 씨는 꼭 내 전부를 집어삼키려고 작정한 것 같았다.

축축이 젖은 내 조개를 샅샅이 핥으면서 주름과 주름 사이의 오솔길 안쪽까지 혀끝을 밀어 넣었다.

"아스카. 맛있어……."

달콤한 속삭임에 가슴이 떨렸다.

코끝을 강하게 자극하는 짠내가 바다 때문인지 나 때문인지 분간을 할 수 없었다.

따뜻하고 단단한 혀끝이 내 은밀한 곳을 쿡 찌르더니, 살살 간질이기 시작했다.

"…으응…… 하아……!"

부탁이에요……. 애태우지 말아줘요…….

얼른… 얼른 들어와요…….

참을 수 없어서 뜨거운 신음을 내뱉은 순간, 힘이 잔뜩 들어간 혀가 그곳으로 쑥 파고들었다.

"으아아…… 아윽……!"

사키 씨는 단단한 혀로 내 은밀한 곳을 할짝할짝 희롱했다.

마치 남자의 그것을 연상시키는 움직임에 목구멍 깊숙한 곳에서부터 달콤한 신음이 터져 나왔다.

"…아아아아, 사키 씨……! 사키 씨……! 제발…… 아학……!"

눈앞이 뿌옇게 흐려졌다. 어두컴컴한 방 안의 풍경이 가짜인 것처럼 느껴졌다.

사키 씨는 내 엉덩이를 붙잡은 채로 달콤한 탄식을 내뱉으며 몇 번이고 몇 번이고 내 그곳을 애무했다.

할짝…… 할짝…… 츄읍…….

"아아아아아…… 사키 씨……. 사키 씨……! 윽! 아아……."

기분 좋아……!

머리채를 세차게 흔들며 마치 잠꼬대처럼 그녀의 이름만 반복해서 외치는 나.

그것 외에 내가 할 수 있는 일은 아무것도 없었다.

사키 씨가 오른손을 아래로 가져가더니 이미 부풀대로 부풀어 오른 내 진주를 잡았다.

"흐아아아……!"

온몸에 짜릿한 전류가 흐르는 것 같아 참을 수가 없었다.

이를 꽉 물고 허리를 비틀며 쓰러지지 않으려고 간신히 버텼다.

사키 씨가 엄지와 중지로 능숙하게 내 꽃잎 사이를 벌리더니, 그 안에 숨어 있는 내 진주를 검지로 빙글빙글 돌렸다. 마치 깃털로 건드리는 것 같이 부드러운 손놀림이었다.

"아, 아, 아, 아, 아……!"

나는 어깨를 들썩이며 바닥에 손톱을 세웠다.

눈을 질끈 감았다. 입가에서 침이 한줄기 떨어지는 게 느껴졌다.

"아하아아…… 제발……!"

사키 씨가 만지는 곳에서 쾌감이 물결처럼 일렁이더니 온몸으로 퍼져 나갔다. 갑자기 몸이 둥실 떠오르는 것 같았다.

흥분한 혀가 여전히 탐욕스럽게 내 그곳을 희롱하고 있었다.

아랫배가 묵직해지다 못해 내려앉을 것만 같았다…….

'아……! 더…… 더 안쪽……!'

나는 달아오른 몸을 어쩌지 못하고 배배 뒤틀었다.

내 욕망을 알아차렸는지 사키 씨가 갑자기 혀를 뗐다.

그리고는 오른손으로는 여전히 내 진주를 어루만지며 왼손가락을 내 은밀한 동굴 속으로 찔러 넣었다.

"크…… 하아아아악……! 아악……! 히익!"

기다란 손가락이 천천히 좌우로 돌면서 안으로, 안으로 들어왔다.

"아……! 흐아…… 아아아……!"

"후후……. 쫄깃쫄깃해……."

사키 씨는 두 개의 손가락을 빙글빙글 돌리며 그곳으로 파고들기 시작했다.

온몸을 뒤흔드는 강력한 쾌감에 눈앞에 하얀 불꽃이 튀는 것 같았다.

"아아아하……! 사, 사키 씨……! …으으…… 히아아악………!!!"

어쩔 줄 몰라 하며 교성을 내지르는 내 귓가로 심술궂은 목소리가 들려왔다.

"몸이 잔뜩 달아 올랐네……? 남자의 그걸 원하겠지?"

"아, 아니에요……!"

난 필사적으로 머리를 흔들었다. 그런 말 하지 말아요, 사키 씨. 적어도 지금만큼은…….

난폭하게 몸이 뒤집히자, 나는 사키 씨에게 손을 뻗었다.

그 팔을 꽉 누르면서 사키 씨가 날 덮쳐왔다.

그리고 남은 왼손으로 내 그곳을 가볍게 희롱하면서 심술궂게 말했다.

"여기가 기분 좋지? 그리고 여기도……."

너무 정확한 부위를 너무 적절한 힘으로 기분 좋게 만져주는 사키 씨. 나는 활처럼 허리를 젖히며 쾌감의 소용돌이에 빠져들었다…….

"아아, 안 돼……! 사키 씨…… 나……!"

온몸이 부들부들 떨려왔지만 막을 도리가 없었다.

날카로운 비명을 지르며 점점 절정으로 치닫고 있는 내 몸에 사키 씨의 기다란 머리칼이 닿았다.

그 순간 다시 한 번 소름이 돋아서 나는 또 비명을 터뜨렸다.

"아아! 하아아………! 사키 씨……!"

"아스카……."

입술이 뜨거운 비처럼 볼에, 어깨에, 쇄골에, 가슴에 떨어져 내렸다. 나는 그녀의 목덜미에 매달려 '키스해 줘요……' 하고 애원했다.

폐가 같이 황량한 해녀들의 휴게실 천장을 등지고 사키 씨가 내 눈을 물끄러미 바라봤다.

난 다시 한 번 졸랐다.

"키스해 줘요. 사키 씨……."

몰아치는 파도처럼 맥박이 빨라졌다. 뜨거운 눈물이 차올랐다.

사키 씨, 우리 이러면 안 되는 건가요……?

"좋아해요… 사키 씨……. 좋아하게 돼버렸어……."

내 입에서 내뱉은 말인데도 내가 제일 놀랐다.

그리고 너무 슬퍼졌다.

그래도 어쩔 수 없으니까.

난 돌아가야 하니까.

하지만 거짓말이 아니다.

이렇게 마음이 아픈걸.

사키 씨가 내 머리칼을 어루만졌다.

"나도 그래. 아스카 씨……."

그녀가 부드럽게 키스해 줬다.

나는 사키 씨의 등에 팔을 감고 작은 입술을 정신없이 빨면서, 마음속으로 믿을 수 없다고 중얼거렸다.

믿을 수 없어.

여자한테, 이런 기분을 느끼다니.

가슴과 가슴이 꼭 맞닿았다.

단단한 유두와 유두가 부딪히자 또 다시 달콤한 쾌감이 밀려왔다.

"아아……."

젖은 한숨을 내뱉는 나에게 사키 씨가 갑자기 '잠깐만……' 하고 속삭였다.

그리고는 갑자기 몸을 일으키는 바람에 난 새된 소리로 외쳤다.

"싫어요! 계속 안아줘요……."

"잠깐이면 돼……."

욕망을 간신히 억누르고 있는 것 같은 젖은 목소리.

사키 씨는 내 다리를 넓게 벌리고 반대편에 길게 누워 내 다리 사이로 미끄러져 들어왔다.

내 점막과 그녀의 점막이 찰싹 달라붙자 난 숨이 멎을 것만 같았다.

"아학……!"

이 이상한 느낌은 뭐지……?

사키 씨가 내 다리를 안아 올리더니 천천히 허리를 움직였다.

"응……! 아아……!"

마치 키스를 할 때처럼, 맞닿은 점막이 강하게 밀착됐다가 떨어지길 반복했다.

나도 사키 씨의 다리를 안고 그녀의 리듬에 맞춰 허리를 흔들었다.

"아… 하아……. 하아……. 아스카……."

촉촉하게 젖은 사키 씨의 목소리가 들리자, 난 스스로도 깜짝 놀랄 정도로 흥분했다.

피가 거꾸로 솟는 것 같았다. 온몸이 견딜 수 없이 뜨거워졌다. 좀 더 흥분하고 싶다고, 좀 더 흥분시키고 싶다고 생각했다.

"사키 씨. 아름다워요……."

사키 씨의 다리를 안고, 사키 씨의 그곳으로 더 세게 몸을 밀착시켰다.

"응……! 하악……!"

두 사람의 진주와 진주가 얽혀들면서 등줄기로 전류가 흐르는 것 같았다.

하지만,

하나가 될 것 같기도 하고 안 될 것 같기도 한 이 안타까움…….

미끈하고 따뜻한 이 느낌은 분명 특별하지만 이걸로는 충분하지가 않다…….

아아, 안타까워…….

어중간하게 느껴져서 괴로워…….

나는 어지러운 마음으로 아킬레스건이 곧게 뻗은 사키 씨의 발목을 깨물었다.

그랬더니 갑자기 그녀가…….

"아아아아아아……!!!"

머리칼을 흐트러뜨린 사키 씨가 자칫하면 끊어져 버릴 듯

격하게 허리를 휘면서 세찬 비명을 내지르더니 그대로 풀썩 고꾸라졌다.

나는 그 아름다운 모습을 말문을 잃은 채 멍하니 바라볼 뿐이었다.

거짓말. 이걸로도 끝을 볼 수 있어……?

바닥에 쓰러진 채 거친 숨을 몰아쉬고 있는 사키 씨.

몸을 일으켜서 가만히 사키 씨에게 다가가, 복잡한 표정으로 그 얼굴을 들여다봤다.

"…익숙하네요."

이런 일에.

여자와의 섹스에.

사키 씨가 어렴풋이 눈을 뜨고 내 볼을 쓰다듬었다.

"질투하는 거야……?"

뜨끔해서 얼굴을 붉혔다.

맞다. 샘이 났다.

사키 씨와 이런 일을 했던, 나는 모르는 여자들한테.

사키 씨의 가슴에 얼굴을 묻고 눈을 감았다.

사키 씨가 내 머리칼을 부드럽게 어루만져 줬다.

"아스카가 좋아……."

"네……."

돌아가고 싶지 않아.

편집장님. 저, 돌아가지 않을래요…….

여기 남아도 될까요……?

그러면 안 되겠죠…….

나는 가만히 사키 씨의 가슴에 손을 댔다.

풍만하게 부풀어 오른 둥그런 윤곽.

하지만 손에 힘을 줘보니 녹아내릴 것처럼 부드러웠다.

옅은 복숭앗빛 유두에 입술을 얹자 사키 씨가 '아……!' 하고 젖은 한숨을 내뱉었다.

그리고 망설이는 얼굴로 날 바라봤다.

"아스카……?"

"하고 싶어요."

안 돼요……?

주저하며 올려다보자 의외로 사키 씨의 얼굴이 새빨개져 있었다.

"안 돼요?"

"…아니. 맘대로 해."

사키 씨는 그렇게 말하더니 왠지 무척 부끄러운 듯 두 손으로 얼굴을 감싼 채 몸을 돌렸다.

"…귀여워요. 사키 씨."

풍성한 검은 머리칼을 쓰다듬었다.

사키 씨만큼 잘할 자신은 조금도 없었지만 나는 그녀를 애무하기 시작했다.

손가락으로, 손바닥으로, 입술로, 혀로.

그녀의 살에 점점 땀이 배어들기 시작했다.

그러더니 사키 씨는 견디기 힘든 듯 미간을 찌푸리며 여자

로서의 쾌감에 휘둘리기 시작했다.

　요염한 그 모습을, 나는 두근두근한 마음으로 바라봤다.

　이런 일은 이제 내 인생에 두 번 다시 없을 거라고 생각하니, 왠지 쓸쓸한 생각마저 들었다……

＊　　　＊　　　＊

　"우와! 마츠자카(松阪) 소고기!"

　치이익 소리를 내며 운반되는 철판에 환성을 지르는 나.

　"하여간. 정말 먹보라니까."

　사키 씨가 쓴웃음을 지었다. 하지만 내가 귀여워 어쩔 줄 모르겠다는 표정이었다.

　"맛있어—!!!"

　내가 한입 먹어본 뒤 포크를 쥔 채로 몸을 부들부들 떨자 사키 씨는 웃음을 터뜨렸다.

　저 웃는 얼굴, 잊지 않을 거야.

　마음속에서 셔터를 눌렀다.

　식사를 마치고, 호텔로 돌아와 다시 아침까지 사랑을 나눴다.

　잠을 거의 못 잤지만 시간이 흐르는 게 아쉬웠다.

　그래도 기차 시간은 신경 쓰였다.

　내가 시계를 힐끗 쳐다보자 사키 씨는 아무렇지 않게 벌떡 일어섰다.

"슬슬 가볼까?"

그렇게 말하면서 연인처럼 내 허리에 손을 둘렀다.

사람들이 보는데 괜찮을까?

금방 소문이 날 것 같은 작은 동네인데.

하지만 사키 씨가 아무렇지 않아 하니까 나도 지금 기분에 솔직해지고 싶어서 대담하게 사키 씨의 팔짱을 꼈다.

"좋아해요, 사키 씨!"

"나도. 아스카."

이상할 정도로 어리광을 부렸다.

웃으면서 까불까불했다.

그건 이 아련한 꿈이 곧 끝나리라는 것을 서로 잘 알고 있었기 때문일지도 모른다.

사키 씨가 역 앞 사거리에 차를 세우더니 '역 안에는 안 들어갈게' 하고 말했다.

"쓸쓸해질 테니까."

"사키 씨……."

그 말 한마디에 울 것 같았다.

입술을 깨물며 눈물을 참고 있자, 그녀가 손을 뻗어 내 볼을 감쌌다.

사키 씨의 입술이 다가오자 나는 눈을 스르륵 감았다.

깜짝 놀랄 정도로 부드러운 입술에도, 작은 혀에도 익숙해졌다.

어렴풋한 립스틱 맛에도, 화려한 향수 냄새에도 익숙해

졌다.

하지만 이젠 안녕이다.

"이거. 가면서 먹어."

사키 씨가 그렇게 말하면서 건넨 것은 이세의 명물 아카후쿠(赤福, 찰떡 위에 팥소를 올린 이세 지역의 특산물:역자 주)였다.

"아직 안 먹어봤지?"

"네……."

차에서 내릴 때 그녀는 다시 한 번 내게 키스를 하고, 사랑스러운 손길로 머리칼을 쓰다듬었다.

그리고 내 손을 잡더니 손바닥에 쌀알 같이 생긴 하얀 덩어리를 떨어뜨렸다.

"이게 뭐예요……?"

"케시진주라고 들어봤어?"

아뇨…….

고개를 가로젓는 내게 사키 씨가 '천연 진주야'라고 말했다.

"내가 바다 속에서 찾은 거야. 지금은 양식이 당연하지만 옛날에는 해녀가 조개 속에서 진주를 채취했지."

손가락으로 조심스럽게 집어 햇빛에 비춰보니 자연스럽게 비틀린 하얀 진주가 은은한 오색 빛깔을 뿜어냈다.

"당신한테 줄게."

"이렇게 귀중한 걸……."

"괜찮아. 아스카한테 주고 싶어. 난 또 바다에서 찾으면 되니까."

그렇게 말하며 사키 씨가 내 손을 꼭 잡았다.

"잘 가. 행복해야 해."

참을 수 없이 눈물이 흘러내렸다.

고개를 떨구고 두 손으로 얼굴을 감싼 채 엉엉 우는 내 등을 사키 씨가 가만히 토닥였다.

"즐거운 추억으로 간직할게."

개찰구를 빠져나가면서 뒤돌아보니, 사키 씨는 팔짱을 끼고 차에 등을 기댄 채 날 바라보고 있었다.

"사키 씨……."

그 눈이 너무 쓸쓸해서 난 또 멈칫했다.

하지만 사키 씨는 '얼른 가!'라며, 미소로 재촉했다.

사키 씨. 나 분명히 맛있는 조개를 먹을 때마다 당신을 떠올릴 거예요.

저 아름다운 바다에 잠겨 가느다란 손가락으로 조개를 줍는 인어 같은 당신을.

아아, 어떡하지.

정말 가슴이 아파…….

여자를 사랑하게 되다니 정말 이상했지만, 아카후쿠 역시 너무 맛있어서, 다시 한 번 잊지 못할 거라고 생각했다.

절대로 잊지 못할 거야.

이세의 반짝반짝한 바다가 멀어져 갔다.

나고야에서 기차를 갈아탈 때까지도 내 눈물은 멈추지 않았다.

울다 지쳐 미소가츠(나고야의 명물로, 돈가스 위에 달달하고 짭조름한 일본된장으로 만든 소스를 끼얹어 먹음: 역자 주) 도시락을 사먹어 봤지만, 사키 씨의 모습이 지워지지 않았다.

……이 일, 역시 너무 애달프네요, 편집장님…….

〈교토〉
다도인의 달콤한 분수

"잘했어, 아스카."

아오야마 편집장님이 따끈따끈한 최신호를 바라보면서 만족스러운 듯 말했다.

표지에 찍혀 있는 건 이세시마의 바다를 배경으로 미소 짓고 있는 미녀.

사키 씨……

"어떻게 이런 좋은 표정을 이끌어냈지?"

편집장님이 감탄한 듯 말했다. 그럴 수밖에. 사키 씨는 인터뷰에 잘 응하지도 않고, 응한다 하더라도 사진은 철저히 거부하기로 유명하다. 그런 그녀가 이렇게 자연스러운 표정으로 표지를 장식해 줬으니, 편집부 내에서도 신기할 정도라는 평이 많았다.

난 어색하게 웃었다.

그녀와 사랑을 했다고 말할 순 없으니까.

가슴이 욱신욱신 아파왔다.

아아, 칭찬을 받아도 기쁘지 않아.

자리로 돌아가려는 나를 편집장님이 다시 불러 세웠다.

"아스카. 이번 주말에 시간 있나?"

"예? 아, 네에……."

"그럼 교토에 좀 가주면 안 되겠나? 다도 행사에 초대를 받았는데, 내가 사정이 여의치 않아서……."

편집장님이 아쉬운 듯 한숨을 쉬며 안경을 닦았다.

"예전부터 눈여겨보고 있는 친구인데, 최근에야 겨우 인정을 받는 것 같더군. 좀 별난 구석은 있지만 실력은 괜찮아. 나대신 취재 좀 갔다 와."

"엣! 하지만 전 다도는 하나도 모르는데……."

"공부하면 되잖아. 좋은 기회라고 생각해. 차에 대해 모르면서 어떻게 푸드 저널리스트라고 할 수 있겠어."

그렇게 말하더니 편집장님은 자료 기사더미를 내게 넘겼다. 보통 양이 아니었다.

에—! 왠지 어려울 것 같아.

자리로 돌아와 자료를 팔락이며 훑어보니, 거기에는 전통 의상 차림의 세련된 남자가 찍혀 있었다.

사가 잇세이(嵯峨一成) 씨. …멋있네.

편집장님하고 비슷한 연배쯤 되려나.

옆자리의 카와무라 레오가 속닥거렸다.

"그쪽 사람이래."

레오가 이상한 손짓을 섞어가며 눈을 찡긋했다.

"그쪽 사람이라니?"

"남색 말이야."

헉! 그래?!

다시 한 번 물끄러미 사진을 쳐다봤다.

그러고 보니… 약간 그런 분위기를 풍기는 것 같기도. 하지만.

"남자가 남자를 좋아하는 게 뭐 어때서?"

레오가 눈을 휘둥그렇게 떴다.

"와……. 의외로 개방적인데? 아스카."

"뭐, 좀 그렇지."

내 시야가 좀 넓어졌을 수도 있지.

어쨌든 여기저기에서 '좋은 경험'을 쌓고 있으니까. 아아, 떠올리니 다시 슬퍼지려 한다…….

"난 남자는 절대 사절이야~"

"그쪽은 여자를 너무 좋아하는 게 문제지."

"헤헷, 그런가?"

멋쩍은 표정으로 코를 문지르던 레오가 씨익 웃으며 목소리를 낮췄다.

"이건 비밀인데……. 이 사람… 편집장님하고 그렇고 그런 관계라는 소문이 있어."

"에엣?!"

이번엔 정말 깜짝 놀랐다.

"펴, 편집장님도 그쪽이야?!"

"글쎄? 모르지. 누가 알아. 그런데 말이야, 생각해 보면 여자 그림자가 너무 안 느껴지지 않아?"

그, 그, 그, 그런 것 같기도……

저렇게 잘생긴 사람이 놀라울 정도로 공부랑 일만 하고 있으니.

평일은 아침부터 저녁까지 회사에 붙어 있는 사람이다. 들자 하니 주말에는 각종 요식 관련 이벤트나, 관련업계 사람들을 만나러 다닌다고 한다.

입사한 이래로 편집장님이 일 이외의 이야기를 하거나 누굴 만나는 건 전혀 보지 못했다.

그게 설마…….

"뭐, 난 사생활은 관심 없는 사람이니까."

레오가 어깨를 으쓱하면서 '그쪽도 취재해 오도록 해' 하고 말했다.

앗! 웬 잘난 척~?!

"명령하지 말아줄래?"

발끈해서 따졌지만 레오는 빙글빙글 웃기만 했다.

게다가 편집장님의 말투를 흉내 내면서,

"좋은 경험 쌓고 와."

라니!

너한테 그런 말 들으니까 왠지 무지 열 받거든―?!

사가 잇세이 씨의 다도회는 시내를 벗어난 한적한 교외의 정원을 빌려서 진행된 우아한 야외 행사였다.

오십 명 정도 모인 손님은 죄다 여유 있어 보이는 풍채 좋은 신사나 우아한 부인들이었다.

개중에는 사파이어로 장식된 화려한 허리끈을 하고 온 여배우까지 있어서 정말이지 깜짝 놀랐다.

게다가 다들 전통의상 차림이라 나 혼자 얼마나 튀던지!

뭐야~ 평상시랑 똑같이 입고 가면 된다고 말해서 안심했는데……. 편집장님 미워!!!

하지만 자세히 보니 호화찬란한 손님들과는 달리 사가 잇세이 씨는 무척 소박한 옷차림을 하고 있었다.

화려한 기모노 차림의 손님들과 달리, 그는 약간 어두운 계열의 복장을 차려입고 있었다.

하지만 결코 수수해 보이지는 않고, 그 외모와 맞물려 오히려 중후한 분위기를 자아내고 있었다.

살짝 흐트러진 머리칼은 왠지 세속의 일에 연연해하지 않는 사람인 것 같은 느낌을 전해주었다.

"잘 오셨어요. 아스카 씨."

차분히 차를 준비 중이던 그가 문득 나를 돌아보고는 인사했다.

다정한 말투에 왠지 가슴이 두근거렸다.

"아, 안녕하세요! 문외한이지만 잘 부탁드립니다!"

그가 다시 진지한 자세로 돌아가 찻물을 따랐다.

행사장의 분위기는 고요했으나, 그것은 어색하게 텅 비어 있는 것이 아니라 '정적'으로 꽉 차 있는 듯한 충만함이 느껴졌다.

일단 말차로 입가심을 하자, 이어서 쇼카도 벤토(에도 시대의 승려인 쇼카도 쇼조에게서 유래된 이름으로, 네모난 상자를 사 등분해 가이세키 요리를 담은 도시락:역자 주)가 나왔다.

오오~ 역시……

나는 푸드 저널리스트답게 고개를 끄덕였다.

이곳에 오기 전 사전조사를 나름 철저히 해서 잘 알고 있다.

쇼카도 벤토는 가이세키 요리의 흐름을 따라 탄생한 양식.

그리고 가이세키 요리는 원래 다도회를 주최한 주인이 손님에게 대접하는 요리.

그러니까 다도회에서 쇼카도 벤토가 나오는 건 무척 자연스러운 흐름이란 말이지. 에헴!

혼자 의기양양해하던 중에 젓가락을 들어 한 점 먹어보았다가, 나도 모르게 환호성을 질렀다.

"우왓! 너무 맛있어!!!"

주변의 손님들이 어이없는 얼굴로 날 쳐다봤다.

앗! 시, 실수……

얼굴이 새빨개져서 몸을 움츠리는 나에게 잇세이 씨가 다정한 미소를 보였다.

"많이 드세요. 전부 제가 만든 음식이랍니다."

"에엣?!"

나는 더더욱 놀라며 마치 고급 식당에서 만든 것 같은 아름다운 요리를 바라봤다.

이 사람… 진짜 대단한 사람일지도…….

＊　　＊　　＊

다도회가 끝나고 잇세이 씨는 날 자신의 집으로 안내했다. 카메라를 안고서 나는 또 눈을 휘둥그렇게 떴다.

우와! 엄청 황폐한 집…….

좀 더 운치 있는 집일 거라고 생각했는데…….

좋은 말로 하자면 사람의 손때가 묻은 집이고, 나쁜 말로 하자면 곧 쓰러질 것 같은 흉가.

사람이 살지 않는다면 지나다니는 사람도 그냥 곧 무너질 집이라고 여길 만큼 낡은 집이었다.

현관의 미닫이를 덜컹거리며 연 뒤에 잇세이 씨가 미소 지으며 말했다.

"들어오세요. 많이 누추하죠?"

"네. 정말…… 앗!"

힉! 나, 나도 모르게 본심을!

다시 새빨개져서 허둥대는 날 보더니 잇세이 씨가 웃음을 터뜨렸다.

"재미있는 아가씨군요. 편집장님이 좋아할 만해요."

"예?! 아니에요, 편집장님은 절 별로……."

"하하하. 뭐 어쨌든, 내일 아침까지 천천히 얘기 나눠보도록 해요."

"아니, 괜찮습니다. 저는 시내에 숙소를 잡아놨어요……."

"섭섭한 말씀 마세요. 편집장님도 매번 저희 집에서 주무시고 가시는걸요."

그랬구나.

근데… 편집장님하고 그렇게 사이가 좋단 말이야……?

설마 그 소문이 진짜인 건가?

호기심이 고개를 쳐들었다.

"편집장님이 그렇게 자주 오세요?"

"네. 교토에 오면 일단 저희 집으로 먼저 오시죠."

묘하게 기쁜 듯한 얼굴로 그렇게 말하는 잇세이 씨.

으음… 수상해……. 의심은 나쁜 거지만, 너무나도 수상쩍다.

그래서 나는 조금 방심했던 것일지도 모른다.

소문대로 남색이면 그 집에 머물러도 아무 일 없을 거라고.

달도 잠이 들었을 것 같은 깊은 밤.

얼큰하게 취한 잇세이 씨가 미소 지으며 날 안으려 했을 때, 나는 당황하지 않을 수 없었다.

"왜 이러세요! 편집장님 좋아하는 거 아니었어요?!"

잇세이 씨는 주눅 들지 않고 피식 웃었다.

"물론 좋아하죠."

하지만…….

그렇게 말하면서 그는 가운 앞자락을 풀어헤쳤다.

날 향해 꼿꼿하게 고개를 쳐든 그것을 보고 나는 숨을 삼켰다.

"어때요……?"

"안 돼……. 잇세이 씨, 왜……."

"왜냐니. 씻고 나온 차림새가 에로틱한 건 당연한 거 아닌가요?"

그렇게 말하면서 내 관자놀이에 코를 비비며 '좋은 냄새……' 하고 속삭였다.

"잠깐만요……! 이러시면 안 돼요……."

잇세이 씨가 뜨거운 품속으로 날 끌어당겼다. 나의 뺨에 잇세이 씨의 입술이 닿자 숨이 가빠졌다.

격자창 밖으로 바람에 흔들리는 나뭇잎 소리가 들렸다.

"아스카 씨……."

"이러지 마세요……! 전 좋아하는 사람이 있단 말이에요……."

"애인……?"

나도 모르게 말문이 턱 막혔다.

애인… 은 없지만…….

내가 대답을 못하고 있자, 잇세이 씨의 입가에 짙은 미소가 걸렸다.

"그럼 됐잖아요……. 오늘 밤만 우리 서로……."

잇세이 씨의 손가락이 내 등줄기를 타고 미끄러져 내리며 날 흥분시킬 곳을 찾고 있었다.

짜릿한 느낌에 몸을 떤 순간, 잇세이 씨의 입술이 거칠게 덮쳐왔다.

"으응… 아……!"

잇세이 씨는 내가 저항할 수 없도록 손목을 꽉 붙들었다.

어떻게든 도망가려고 발버둥을 치자 무릎이 밥상머리에 부딪쳐 대바구니에 얹힌 두부가 이리저리 튀었다.

그 모습에 난 다리의 각도를 바꿨다.

발버둥 칠 땐 치더라도, 요리를 엎어버리고 싶지는 않았다…….

그걸 본 잇세이 씨가 피식 웃음을 흘렸다.

"먹을 걸 정말 좋아하는군요."

"아, 아니에요! 일부러 만들어주신 건데 아까우니까……."

밥상 위에는 술안주와, 잇세이 씨가 만들어준 손두부 요리, 그리고 여러 가지 교토의 가정음식들이 차려져 있었다.

「우와~ 이렇게 부드러운 두부는 처음 먹어봐요!」

「교토는 물이 좋아요. 누가 만들어도 이 정도는 나올걸요.」

「아니에요! 혹시 어디서 요리를 따로 배우셨나요? 다른 음식들도 너무 맛있어요!」

「배우진 않았어요. 혼자 멋대로 만들어낸 음식이라 부끄럽네요.」

그렇게 말하면서 미소 짓던 잇세이 씨.

그 푸근하고 부드러운 미소를 완전히 믿고 있었는데, 이렇게 되다니.

내가 눈물을 글썽이자 잇세이 씨도 당황한 것 같았다.

날 가슴에 안고 미안한 듯이 얼굴을 내려다봤다.

"너무 그러지 말아요. 이게 다 아스카 씨 탓이라고요……."

"제 탓……?"

"맛있게 먹으니까 너무 예뻐 보여서……."

"……."

그럼 어떡해. 맛있는걸.

난 당황해서 고개를 수그렸다.

잇세이 씨의 품에서 어렴풋이 비누 냄새가 났다.

"게다가 내 요리를 엎지 않으려고 노력하는데 어떻게 참아……."

잇세이 씨의 손가락이 내 머리칼을 어루만졌다.

그의 입술이 살짝 이마에 닿자 어떡해야 할지 알 수가 없어졌다.

뒷산에서 이상한 새소리가 들렸다. 허겁지겁 화제를 그쪽으로 돌렸다.

"저건 무슨 새예요?"

문득 눈을 든 내게 잇세이 씨가 '꿩이요' 라고 속삭이며 장난스럽게 코를 갖다 댔다.

"잡아서 털을 뽑고 구워 먹을까요?"

나도 모르게 같이 웃어버렸다.

천천히 내려온 입술을, 난 더 이상 거부할 수가 없었다.

아아…….

꿩보다 내가 먼저 잡아먹히고 말았어.

또 이렇게 여행지에서…….

쉬지 않고 가볍게 입을 맞추며 그는 내 손을 잡고 그의 아랫도리로 안내했다.

"아……."

뜨겁게 고동치는 그것에 손을 대자 내 그곳으로 묵직한 자극이 몰려왔다.

이걸 넣는 거겠지.

분명히… 너무 기분 좋을 거야…….

내 욕망을 꿰뚫어봤는지, 잇세이 씨가 입안으로 혀를 밀어 넣었다.

"흐응…… 후…… 아……."

어렴풋이 술 냄새가 남아 있는 잇세이 씨의 혀.

맛있다고 생각하면서 나는 그의 혀를 받아 삼켰다.

그러자 그가 점점 더 대담하게 혀를 놀리기 시작했다…….

"하아……! 읍…… 하악……!"

앞으로 일어날 일을 예고하는 듯 격렬한 키스였다…….

물빛 여운을 남기며 그의 입술이 멀어진 순간, 내 몸은 완전히 불이 붙어버렸다.

저절로 그의 물건을 위아래로 쓰다듬었다.

"…그렇게 하면 정말 못 참아요……."

잇세이 씨가 거친 숨을 몰아쉬며 짓궂게 속삭였다.

"괜찮겠어요……?"

두 손으로 그의 분신을 쥔 채, 그의 눈을 올려다봤다.

몸은 원하지만 마음은 주저하고 있다.

또 이렇게 분위기에 휩쓸릴 거냐고, 음란한 스스로를 꾸짖고 있다.

그러니까, 혹시, 이 사람이 욕망을 배출해 내고 싶을 뿐이라면…….

분신으로 입을 가져가는 날 붙잡더니, 잇세이 씨가 벌떡 일어나 불을 껐다.

무서울 정도로 새카만 어둠이 몰려왔다.

쏴아아, 하고 나무가 흔들리는 소리가 들리자

새삼 이곳에 우리 둘뿐이라는 게 느껴졌다.

"아스카 씨……."

그리고 잇세이 씨는 아무 말도 하지 않았다.

암흑 속에서 거칠게 날 쓰러뜨리더니 난폭하게 가운을 풀어헤쳤다.

"아아……! 잇세이 씨……!"

잇세이 씨의 거친 숨소리가 귓가를 때렸다.

잇세이 씨가 힘껏 가슴을 움켜쥐자 순식간에 피가 용솟음 쳤다. 난폭한 손길에 떠밀려 다리가 벌어지자 나도 모르게 숨이 멎었다.

잇세이 씨는 내 무릎 안쪽을 잡고 크게 구부렸다.

하늘을 향해 입을 벌린 나의 은밀한 동굴로 그의 뜨거운 분신이 밀려 들어왔다.

"아아악……!"

들어오고 있어……!

나도 모르게 두 손으로 얼굴을 감쌌다.

하지만 그는 더더욱 깊이 미끄러져 들어왔다.

"히익……!"

격렬한 몸짓을 따라 민감한 돌기가 휩쓸리자 등줄기를 타고 전율이 솟았다.

달콤한 꿀을 뒤집어쓴 채 내 안으로 들어온 그의 분신이 천천히, 천천히 위아래로 움직이기 시작했다.

"힉……! 아… 아아아…… 히익……! 아, 아아……!"

아랫도리 깊은 곳에서부터 끊임없이 달콤한 샘물이 솟아났다.

잇세이 씨는 능숙하게 허리를 놀려서 그 꿀을 자신의 분신에 문질러 발랐다. 그리고 이번에는 바나나를 미끄러뜨리듯, 그 굵은 물건을 뿌리 끝까지 푹 나의 은밀한 동굴로 쑤셔 넣었다.

내 그곳을 꽉 메운 잇세이 씨의 굵은 것이 거침없이 위아 래로 움직이며 내 꽃잎 사이를 헤집었다.

내 은밀한 동굴을 쿡쿡 쑤실 때마다 그의 뭉글뭉글한 주머 니가 엉덩이를 간질였다.

"아아아하악……! 이, 잇세이 씨……! 나, 나 좀 어떻 게……!"

"어떻게…… 뭐요?"

무릎을 잡은 손에 힘이 꽉 들어갔다. 더 이상 열릴 수 없을 정도로 활짝 열린 그곳으로 그의 물건이 다시 한 번 깊이 잠 겨들었다.

"아…… 아앙……!"

계속해 줘요……!

그렇게 생각했지만 잇세이 씨는 그곳의 입구를 넓히려는 것처럼 허리를 빙글빙글 돌리기 시작했다.

"히아악……!!! 아……! 잇세이 씨……!! 아, 안 돼……!!! 주, 죽을… 것… 같아…… 아아아아아아……!!! 깊이……! 부 탁이에요, 더 깊이……!!!"

몸이 달아올라서 미칠 것 같았다. 세차게 머리칼을 휘젓다 가 비명을 지르며 바닥을 쥐어뜯는 내게 짓궂은 목소리가 들 려왔다.

"기다려요. 차를 달여 손님한테 낼 때에는 거품이 확실하 게 날 때까지 열심히 저어야 한다고요."

왜 거기에 남자의 물건이 닿으면, 넣고 싶어지는 걸까?

입구를 간질이자 몸이 달아올라서 정신을 차리지 못한다.

저 깊은 곳이 근질근질해져서 참을 수가 없어진다.

왜……?

"…넣어줘요……! 부탁, 이에요……! 제발… 사, 살려… 주세요! 잇세이 씨……!!"

수치심에 얼굴을 감싸고 애원했다.

하지만 이제 그것밖에 생각할 수가 없었다.

잇세이 씨가 그런 나를 놀리듯 속삭였다.

"…그렇게 좋아요?"

이제 뭐라고 해도 상관없다…….

그의 분신이 파고들 때마다 걷잡을 수 없는 쾌감의 파도가 밀려들었다. 나는 머리를 쥐어뜯으며 몸부림쳤다.

아아! 원해…… 원해…… 원해……!

먹고… 싶어……!

부탁, 이에요…… 잇세이 씨……!

아랫도리가 동하면 어쩔 수가 없다. 배가 고프면 참을 수 없는 것과 마찬가지다.

난 잇세이 씨의 허리에 두 발을 걸치고 허리를 밀착시키려고 했다.

하지만 짓궂게도 잇세이 씨는 같이 움직여 주지 않았다.

할 수 없이 마치 내 쪽에서 집어삼키는 것처럼, 혼자 허리를 놀려 그의 분신을 깊은 곳까지 밀어 넣었다.

"아아아…… 우…… 아아앙!"

당당하게 솟아오른 그의 분신이 좁은 그곳을 쿡 찌르고 들어와, 안까지 쑥 파고들었다.

"앗…… 하앙……! 아아아아아……!!"

그곳이 커다란 물건으로 꽉 메워지자 땀이 비질 솟았다.

아아아!! 뜨거워……!! 남자의 이것…… 정말… 대단해……!!

문득 그런 생각을 하고 있는 내가 부끄럽기도 했다.

꼭 남자라면 정신을 못 차리는 난잡한 여자 같아서…….

"…당신, 정말 명기군요."

날 덮친 잇세이 씨가 감격스러운 목소리로 속삭였다.

난 아무 말도 하지 못 했다.

그저 하아, 하아, 거친 숨을 몰아쉬며 더 안으로, 더 안으로, 받고 싶어서 잇세이 씨의 허리에 다리를 꼭 얽어맸다.

"더… 해줘요…….."

땀에 흠뻑 젖은 채로 그의 등에 팔을 두르고 온몸을 꽉 밀착시켰다. 잇세이 씨는 그런 날 흐뭇하게 바라봤다.

"귀엽게 생긴 얼굴로 섹시한 말을 하는군요……."

하지만 잇세이 씨는 조금도 서두르지 않고 천천히 나의 입술로 다가왔다.

그 입술을 나는 허겁지겁 빨아들였다.

부탁이에요, 움직여 줘요…….

빨리 움직여 줘요…….

아까처럼 다리를 크게 벌리고, 더 세게, 내 안을, 있는 대로 희롱해 줘요…….

…라고는 말할 수 없어!

대신 나는 뜨거운 그의 물건을 꽉 조였다.

갑자기 그것이 위쪽을 자극하는 바람에 날카로운 비명이 터져 나왔다.

"으아아…… 아아……!"

"큭……! 조이는 힘이 무시무시하군요."

잇세이 씨가 자신의 분신을 쑥… 빼려고 했다.

"흐아아아아앙……!!!"

내 거기도 같이 밀려 나갈 것 같았다. 나는 몸부림치며 비명을 질렀다.

"봐요. 빨리는 힘이 장난 아니죠?"

잇세이 씨가 외설적으로 속삭였다.

고개를 끄덕이며 난 다시 그의 허리를 얽은 다리에 힘을 줬다.

"떨어지면… 안 돼요…….."

스스로도 놀라울 정도로 달콤한 목소리였다.

내가 점점 대담해지는 것 같았다.

아니, 생각을 바꿔먹는 것일 수도 있다.

이렇게 하면 무척 달콤한 시간을 보낼 수 있다고. 잠깐이나마 연인이 될 수 있다고.

「여기 있는 동안 당신은 내 거야.」

그렇게 말하면서 나를 안았던 이세시마의 사키 씨가 떠올라 가슴이 아릿해졌다.

언제나 멋대로 왔다가 가버리는 건 내 쪽.

나 역시… 무척 아프지만…….

"잇세이 씨……! 좀… 더… 강하게……!"

강하게 안아줘요.

좀 더 열렬하게, 『지금』을 보낼 수 있도록.

"…아스카 씨……."

그가 뜨거운 숨을 내뱉었다.

"아스카 씨……. 정말이지… 당신……."

잇세이 씨가 사정을 참는지 눈을 질끈 감았다.

아직 안 돼…….

나는 그의 등에 손톱을 세웠다.

희미하게 눈을 뜨고 잇세이 씨가 달콤한 눈길로 나를 바라봤다.

"제멋대로인 사람……."

그래. 제멋대로예요. 하지만 더 기분 좋아지고 싶은걸.

더 맛보고 싶어요, 당신을.

나는 잇세이 씨의 목덜미를 부여잡고 입을 맞추고, 혀를 물어 삼켰다.

잇세이 씨가 갑자기 그런 나를 안아 일으켰다.

"에… 아학……!"

잇세이 씨의 허벅지 위로 걸터앉은 나는 '아앗……!' 하고 황급히 아랫배를 눌렀다.

그의 분신이 저 깊은 곳까지 밀려 들어왔다.

당황해서 그의 가슴팍에 손을 댔지만 이미 늦었다.

"아… 이런……! 아, 으응…… 하아……!"

내 몸의 체중이 전부 아랫도리에 실린 것 같은 기분이 들었다.

둥그런 그의 분신이 자궁 입구를 쿡 찌르더니 더 깊은 곳으로 파고들었다.

"아…… 아……!! 크…… 아아아…… 아윽……!"

"아스카 씨, 몸을 더 세워요……."

잇세이 씨는 앞으로 고꾸라질 것 같은 날 두 팔로 받쳤다.

그의 분신 끝이 또다시 내 안으로 밀고 들어오자 눈앞에 하얀 불꽃이 튀었다.

"아아……! 잇… 세이…… 씨……!"

"움직여 볼게요……."

잇세이 씨는 내 허리를 붙잡고 움직이기 시작했다.

"좀 더 관능적인 아스카 씨를 보고 싶어요……."

그렇게 말하면서 입술을 날름 핥았다.

단정한 생김새에 어울리지 않는 그 몸짓에 왠지 더더욱 피가 거꾸로 솟는 듯 몸이 뜨거워졌다.

나는 숨을 크게 들이마시고 보드라운 배에 손을 얹었다.

그리고 천천히, 앞뒤로 허리를 움직이기 시작했다.

"응…… 하…… 아아…… 학……!"

아아, 홋카이도의 소타 씨와 이런 식으로 한 적이 있었지…….

벌써 오래전 일 같아…….

잇세이 씨가 리드미컬하게 허리를 움직이기 시작하자 젖은 소리가 온 방 안에 울렸다.

펄떡이는 그의 분신이 드나들면서 나의 은밀한 곳이 불이 붙는 것처럼 뜨거워졌다. 아아, 느껴져……! 느껴져요 잇세이 씨……! 지금 나 너무…….

"아─…!! 잇세이 씨, 잇세이 씨……! 지금 들어와 있어… 잇세이 씨 게… 지금……!"

목소리를 높이니 더욱더 흥분돼서 나는 세차게 고개를 흔들며 몸부림쳤다.

잇세이 씨가 입술을 날름 핥더니 내 꽃잎 사이의 돌기로 손가락을 뻗었다.

"아윽! 아아아…… 아……!"

커다란 물건에 눌려 한껏 부풀어 오른 그곳에 찌릿 하고 강한 전류가 흘렀다.

나는 더욱더 격렬하게 허리를 흔들며 몸서리쳤다.

잇세이 씨의 짓궂은 왼손이 유두로 다가왔다.

"하윽……!"

꼬집듯이 간질이는 손길에 나도 모르게 오줌이 나올 것 같았다.

잇세이 씨는 세 곳을 한꺼번에 자극하며 날 쾌락의 끝으로 몰아세웠다.

"아… 싸… 쌀 것 같아요……! 안 돼, 안 돼……!!"

풍선이 점점 커지는 것처럼 쾌락이 점점 부풀어 올랐다. 나의 그곳이 경련을 일으키기 시작했다.

"아……! 이, 이제… 그만……! 잇세이 씨… 잇세이 씨……! 아학……!"

이미 이성은 온데간데없었다. 나는 그의 팔을 붙잡고 정신없이 허리를 놀렸다.

찌걱, 찌걱, 찌걱…….

외설적인 소리가 울려 퍼질 때마다 짐승 같은 비명을 내질렀다.

아! 정말 이제 더 이상은……!

그렇게 생각한 때였다.

갑자기 그의 물건이 부풀어 오르더니 내 안에다 뜨거운 분수를 파앗 뿜어냈다.

"옛……?! 아, 아앗……!!"

그것이 내 안에서 펄떡펄떡 날뛰며 뜨거운 액체를 뿜어내고 있었다.

나는 잇세이 씨의 몸 위에 가랑이를 벌리고 앉은 채로 그 뜨거운 분수를 받아냈다.

"아하아아아……!"

정신이 아득해지면서 침이 한 방울 뚝 떨어졌다.

처음으로 알게 된, 행복에 가까운 도취감······.

'아······. 나와······ 나오고 있어······. 내 안에서··· 잔뜩······.'

아아, 따뜻해. 정신이 몽롱해진 나는 그의 가슴팍에 쓰러졌다.

마치 바다에 잠긴 것처럼 그의 품에 잠겨들어 눈을 감았다. 하지만 다음 순간, 나는 몸을 벌떡 일으켰다.

"아! 너, 너무해! 왜 안에다 하는 거예요!!!"

그래. 멍청히 있을 때가 아니다! 그러다가 애라도 생기면 어떡하라고!!

"정말이지······!"

나는 거의 울 것 같은 표정으로 그의 어깨를 때리고, 황급히 그의 분신을 몸 밖으로 빼내려고 했다.

그런 나를 잇세이 씨가 가슴으로 꼭 껴안았다.

"아스카 씨. 우리 아이가 생기면 싫어요?"

그 진지한 물음에 말문이 막혔다.

"싫은 건 아니지만··· 그래도······."

"하하. 농담이에요. 안심하세요. 전 무정자증이니까."

"무정자··· 증······?"

주저하며 그의 얼굴을 올려다봤다.

잇세이 씨가 느긋하게 내 머리칼을 쓰다듬었다.

"네. 그런 병이에요······. 전 아이를 낳을 수 없어요."

잇세이 씨는 그렇게 말하면서 조금 쓸쓸한 듯 미소 지었다. 부드럽고 열정적인 미소보다, 그 한 번의 쓸쓸함에 더더욱 가슴이 떨려왔다.

그가 몸을 일으켜 내 이마에 키스했다.

그런 일이……

나는 뭐라고 하면 좋을지 몰라 몸을 움츠렸다.

아이를 낳고 싶어도 못 낳는다니……

잇세이 씨는 '신경 쓰지 마세요' 라고 말하며 미소 지었다.

"속세에 대한 미련을 버리고 다도에만 매진하라는 하늘의 뜻이겠죠."

그게 진심일까.

아마…… 아니겠지.

난 잇세이 씨에게 포옥 안겼다. 그리고 아름다운 쇄골에 살짝 키스했다……

"…잇세이 씨. 저…… 기분 좋았어요."

그건 진심이었다.

아직도 허벅지가 떨릴 정도였다.

"엄청… 행복한 느낌이랄까……. 저, 처음이었지만……. 아, 안에다 받은 건……"

나도 내가 무슨 말을 하고 있는지 모를 정도로 횡설수설했다.

하지만 잇세이 씨는 놀란 기색으로 붉게 물든 내 얼굴을 바라봤다.

"행복한… 느낌……?"

"…네. 왠지 무척."

나는 아이처럼 그에게 찰싹 달라붙어 손바닥으로 살을 매만지고 어깨를 쓰다듬었다.

남자야. 따뜻해.

눈을 감고 크게 숨을 들이마셨다.

남자의 향기. 잇세이 씨의……

"저, 안에다 받는 게 좋았어요. …진짜 여자가 된 것 같은 기분이 들었거든요."

쓸쓸해 보이던 잇세이 씨의 눈이 확 밝아지더니 조금 짓궂게 가늘어졌다.

"정말이에요? 그럼 더 해줄까요?"

"응. 더 해줘요."

한 번 더……

그의 분신이 쑥 빠져나오자 안에서 액체가 뚝뚝 떨어지는 게 느껴졌다.

허벅지를 타고 전해져 오는, 처음 느끼는 감각.

방금 사정을 했다고 생각되지 않을 정도로 크게 부풀어 오른 그것을 과시하면서, 잇세이 씨는 이번에는 조금 급한 느낌으로 날 안았다.

실컷 해줘요. 더 해줘요.

물론, 그래도 안심이라는 걸 알고 나니까 할 수 있는 말이지만……

하지만 그의 뜨거운 욕망을 자궁으로 받아내면서, 난 아이가 생길 것 같다고 생각했다.

그리고… 생겨도 괜찮을 것 같다고도…….

다음 날 아침. 잇세이 씨는 나를 난젠지 옆에 자리한 유명한 죽 집으로 데려가 줬다.

"우와! 꼭 한번 먹어보고 싶었어요."

잘 닦인 유리창 너머로 아침 햇살이 반짝이는 일본식 정원을 바라보면서 먹는 그 맛.

"우와아아아……!"

적당히 불린 흰 죽에 요시노쿠즈(吉野葛, 요시노 지방에서 산출되는 양질의 칡 전분:역자 주)로 되직함을 더한 양념을 얹어 먹었다.

단지 그뿐인데 왜 이렇게 맛있지?!

"이, 일본에서 태어나길 잘한 것 같아요……!"

"그렇죠? 마음속까지 스미는 담백한 국물이 교토 요리의 특징이죠."

전통복장 차림으로 빙긋 웃으며 설명하는 잇세이 씨.

"아스카 씨가 너무 예쁘니까 큰맘 먹고 여기로 데리고 왔지만, 저쪽 유부카레 집도 꽤 괜찮아요. 교토의 특유의 맛을 느낄 수 있답니다."

"유부카레?"

"교토에서만 맛볼 수 있는 유부가 들어간 카레예요. 점심 때는 유부카레우동 먹으러 갈까요?"

우와! 맛있을 것 같아!

"네, 네, 네! 먹으러 가요!"

"하하하. 난젠지의 명물 유도후(湯豆腐, 두부를 맑은 국물에 끓여서 양념장에 찍어 먹는 요리:역자 주)도 있는데."

"에엣?! 어, 어떡하지……"

나는 고개를 갸웃거리며 행복한 고민에 빠졌다.

잇세이 씨는 '카모가와 강변의 평상에서 먹는 갯장어도 빼놓을 수 없죠'라며 고민거리를 하나 더 추가했다.

"아아, 진짜! 교토는 맛있는 게 너무 많아서 결정을 못하겠어요. 잇세이 씨가 좋아하는 걸로 먹어요."

"그럼 저는 아스카 씨 통구이."

그렇게 말하며 키득거리는 잇세이 씨. 밝은 햇살 속에서 농담인지 진담인지 알 수 없는 말을 선뜻 입에 담는다.

당황스러웠지만, 살짝 기쁘기도 한 마음으로 그를 가만히 쳐다봤다.

잇세이 씨는 멋쩍은 듯 눈을 내리깔더니 살짝 얼굴을 붉혔다.

우리… 왠지 연인 같아.

식당을 나서면서 잇세이 씨가 내 손을 잡자 더더욱 가슴이 뛰었다.

착각하지 말자.

우린 잠깐 동안일 뿐이야…….

"…배도 꺼뜨릴 겸 기온 쪽으로 산책 좀 할까요?"

"아, 네에……."

살짝 어색함이 감돌면서 왠지 두근두근했다.

어제 그런 일을 벌여놓고 이제 와 새삼스럽긴 하지만…….

그때, 갑자기 내 핸드폰이 크게 울렸다.

"앗! 죄, 죄송해요……!"

한 손으로 가방을 뒤적거려 꺼낸 핸드폰 액정에는 생각지도 못한 이름이 찍혀 있었다.

"앗, 편집장님……."

"엣?!"

잇세이 씨가 황급히 내 손을 낚았다.

어라, 왜……? 라고 생각했지만 계속 울리는 벨소리가 나를 재촉했다.

"여보세요……."

"아스카. 지금 어디야?"

밝은 편집장님의 목소리.

"어… 그게… 난젠지 근처요."

"호오. 유도후는 먹었어?"

"아뇨, 아침엔 유명한 죽 집을 소개받아서……."

"뭐야?! 이런 건방진. 잇세이 녀석, 어지간히 네가 마음에 들었나 보다."

"예? 아니, 그런 게 아니라……."

어떡하지?

당황스러워서 왠지 식은땀이 났다.

우물쭈물 대답하면서 잇세이 씨에게 힐끗 눈길을 돌렸다. 잇세이 씨는 어쩐지 묘하게 긴장한 얼굴로 날 빤히 쳐다보고 있었다.

…잇세이 씨?

"이제 어디로 갈 건데?"

편집장님이 쾌활하게 말을 이었다.

"아… 아마 기온(祇園) 쪽으로 산책을……."

"그래? 그럼 나도 그쪽으로 가지."

…에엣?!

난 기겁을 하면서 휴대폰을 쥔 손을 고쳐 잡았다.

"펴, 편집장님, 지금 어디세요?!"

"응? 하하하. 교토야."

"에— 엣?!!!"

"일정이 하나 취소됐거든. 놀러 왔어. 놀란 거야?"

평소와 달리 들뜬 것 같은 편집장님의 목소리가 휴대폰 밖으로 멋대로 흘러나왔다.

나는 얼른 잇세이 씨를 돌아봤다.

잇세이 씨가 전혀 딴 사람처럼 얼굴을 붉게 물들인 채 꼼짝 않고 서 있었다…….

"다도 하면 역시 다이도쿠지를 빼놓고 얘기 할 수 없지."

"하아. 그런가요?"

나의 영혼 없는 대답에 편집장님이 머리를 콩 쥐어박았다.

"이 녀석. 자료 꼼꼼히 읽어보고 온 거야?"

"읽었어요! 하지만 그런 내용은 없던데요?"

"다이도쿠지가 빠져 있었다고? 그럴 리 없어."

"분명히 없었어요. 그러니까 모르죠."

"바보. 네가 빠뜨리고 읽었겠지."

맑은 물이 찰랑거리는 연못가에서 옥신각신 말다툼을 하고 있는 우리를 보고 잇세이 씨가 쓴웃음을 지었다.

"사이가 좋으시군요."

편집장님이 어깨를 들썩였다.

"손이 많이 가는 부하일 뿐이야."

"너무해요, 편집장님!"

"사람 일은 모르는 거잖아요?"

잇세이 씨가 키득키득 웃었다.

"그 날라리가 지금은 근엄한 편집장님이 돼 있으니~"

"어, 어이! 잇세이! 쓸데없는 소리 마!!"

알고 보니 두 사람은 대학시절의 선후배 관계였다.

그랬구나~! 하고 깜짝 놀란 나는 부럽기도 하고, 왠지 살짝 소외된 느낌을 받았다.

허물없어 보이는 두 사람.

대체 어떤 대학시절을 보냈을까? 궁금해졌다.

잇세이 씨가 날 돌아봤다.

"센노 리큐(千利休, 일본 센고쿠 시대 다도의 대성자로 불린다.

일본의 다도를 정립한 것으로 유명하다:역자 주)가 왜 도요토미 히데요시한테 자결을 명받았는지 아세요?"

"으음……. 히데요시가 드나드는 문 앞에 센노 리큐의 등신대 목상이 안치돼서?"

"맞아요. 그게 여기, 다이도쿠지의 바깥문에서 일어난 일이에요."

헤에, 그렇구나~! 지금 바로 역사의 무대에 서 있는 것 같은 기분이 들었다. 교토란 도시는 역시 대단해.

잇세이 씨가 혼잣말처럼 한마디 내뱉었다.

"졸업 전에도 여기에 같이 왔었죠……."

"그랬지."

편집장님이 고개를 끄덕였다.

"다이도쿠지는 권력에 순응하지 않은 명승이나 다도인을 많이 배출한 곳이에요."

잇세이 씨가 살짝 키가 큰 편집장님을 올려다보며 미소 지었다.

"저도 그런 사람이 되라고 충고하셨죠."

"내가 그런 말을 했어?"

편집장님이 시치미를 뗐다.

하지만, 왠지.

왠지, 왠지, 왠지.

이 두 사람…… 수상하지 않아?!

그리고, 잇세이 씨!

나는 망상에 빠져 혼자 얼굴을 붉히며 잇세이 씨의 옆얼굴을 째려봤다.

어젯밤 날 그렇게 덮쳤으면서.

맛있는 아침을 먹여주고, 마치 연인처럼 자상하게 대해 줬으면서.

하지만…….

그런 얼굴… 나한테는 안 보여줬잖아…….

"그러고 보니."

다이도쿠지를 나서면서 편집장님이 목소리를 높였다.

"잇세이! 분명히 이쪽에 맛있는 와라비모치(전분, 물, 설탕을 사용해서 만드는 일본의 전통 화과자. 주로 여름에 먹는다:역자주) 가게가 있었던 것 같은데?"

"아아. 그랬죠. 근데 벌써 다 팔렸을지도 몰라요."

"뭐야? 얼른 서둘러!"

우리를 재촉하며 발걸음을 서두르는 편집장님. 역시 우리 편집부의 대장답게 만만치 않은 먹보다.

하지만 저렇게 즐거워 보이는 건 역시 잇세이 씨와 함께 있기 때문인 걸까…….

달콤한 물을 머금은 것 같이 부들부들한 와라비모치를 먹으면서, 나는 살짝 한숨을 내쉬었다.

그래서 그날 밤 잇세이 씨가 다시 내 방에 숨어 들어왔을 때, 난 진심으로 깜짝 놀라 이불을 걷어차며 벌떡 일어났다.

"이…… 잇세이 씨! 왜?!"

"쉿······!"

잇세이 씨가 검지를 입술에 대며 날 진정시켰다. 그리고 힐끗 옆방으로 눈길을 줬다.

"조용히 해요. 옆방에 편집장님이 주무시고 계시니까······."

달빛이 장지문을 타고 넘어와 눈을 가늘게 뜨며 미소 짓는 잇세이 씨의 단정한 얼굴을 비췄다.

잇세이 씨는 당황스러운 얼굴로 저항하는 나를 거칠게 끌어안았다.

"싫어··· 요······!!"

나는 필사적으로 나를 덮쳐오는 몸을 밀어냈다.

"편집장님을 좋아하면서!"

순간 잇세이 씨가 동작을 멈췄다. 그리고 일그러진 표정으로 날 내려다봤다.

"···아니에요."

"···괜찮아요. 숨길 필요 없어요."

어차피 다 알고 있다. 낮에 보여준 그 표정을 보면 누구나 그렇게 생각할 거야.

하지만 잇세이 씨는 재차 고개를 저었다.

"···오해예요. 난 여자가 좋아요. 이것 봐요······."

잇세이 씨가 내 손을 붙잡더니 자기 가운 아래로 집어넣었다.

뜨겁게 끓고 있는 것이 만져져서 나도 모르게 손을 움츠렸다.

그 손을 다시 강하게 끌어당겨 자신의 분신에 갖다 댄 잇세이 씨는 날 물끄러미 바라봤다.

"봐요. 아스카 씨를 원하고 있어요. 안 돼요……?"

안 되다니……. 그런…….

하늘을 향해 벌떡 일어선 그것을 잡자 뺨이 달아올랐다. 머릿속이 혼란스러워졌다.

잇세이 씨가 내 기분을 살피는 것처럼 조심스레 다가오더니 가볍게 입을 맞췄다.

"이, 잇세이 씨……. 잠깐만……."

"쉿……. 아스카 씨. 조용히……."

부드러운 입맞춤이 점점 더 대담하고 강렬해졌다.

잇세이 씨의 숨소리가 점점 거칠어졌다. 어떡하면 좋을지 망설이는 동안 그의 손가락이 내 가운으로 다가왔다.

"아……! 안 돼요……."

작은 저항도 소용없이, 순식간에 가운의 앞섶이 풀어헤쳐졌다.

어딘가 숨고 싶을 정도로 부끄러웠다. 잇세이 씨가 내 어깨를 얇은 이불 위로 밀어 제치면서 황홀한 듯 눈을 찡그렸다.

"…아름다워요……."

정말로 다정한 목소리.

진심으로 감격한 것 같은 목소리였다.

잇세이 씨가 가만히 내 가슴에 손을 얹자 짜릿한 전율에 나는 입술을 깨물었다.

눈을 뜨기가 힘들었다.

왜죠? 잇세이 씨.

당신 마음을 모르겠어…….

하지만, 난 눈을 감았다.

어쨌든 목소리를 내면 안 돼.

편집장님한테 들켜…….

바로 옆방에서 주무시고 계셔…….

꽤 취했지만, 하지만 바로 옆에서, 이렇게 얇은 벽 너머에서…….

내리쬐는 달빛처럼 조용한 섹스였다.

눈을 질끈 감은 내 반응을 살피면서, 잇세이 씨의 손가락이 가슴의 윤곽을 훑기 시작했다.

꼿꼿해진 유두에 따뜻한 입술을 댔다가, 내가 신음을 내뱉으면 잠깐 멈췄다가…….

잇세이 씨의 애타는 애무가 반복되자 나는 입술을 깨물면서 무언의 몸부림을 쳤다. 그리고 나도 모르게 그의 가운으로 손을 가져갔다.

이거, 벗어요…….

눈짓으로 알아챘는지 잇세이 씨가 몸을 일으켜 가운을 훌훌 벗고, 내 가운도 마저 벗겨냈다.

알몸으로 나를 꽉 끌어안은 잇세이 씨의 입술에서 달콤한

탄식이 흘러나왔다.

나는 잇세이 씨의 부드러운 그의 머리칼을 부여잡으며 입을 맞췄다. 내 입술을 받아 삼키면서 그가 내 아랫배로 손을 뻗었다.

"…으흡……!"

비밀스러운 검은 숲을 더듬는 손길에 그만 달뜬 신음소리가 터져 나왔다.

잇세이 씨는 내 입술을 집어삼킬 듯 강하게 누르며 혀를 밀어 넣었다.

그리고 그의 손가락이 검은 숲을 헤치며 천천히 안으로 파고들었다.

"으응…… 후…… 으으……."

나는 나를 덮은 그의 어깻죽지 사이로 손을 넣어 단단하게 근육이 잡힌 등을 얼싸안았다.

절대로 소리를 내지 않도록.

부드러운 혀가 내 것을 음미하는 것처럼 천천히 얽혀들었다. 손가락이 점막을 매끄럽게 어루만지기 시작했다.

"후아…… 윽……! 으응……."

아름다운 동작으로 차를 달이는 섬세한 손가락이 외설스럽게 내 주름을 벌렸다. 그 가운뎃손가락이 내 은밀한 동굴 입구에 닿았다.

"으으응……! 후…… 아앗……!"

녹아버릴 듯 달콤한 키스를 퍼부으며, 잇세이 씨는 내 꽃잎을 이리저리 희롱했다.

"…응…… 후우…… 으응……."

그리고 그 손가락이 조심스럽게, 조심스럽게, 정말 조심스럽게, 단단하게 부풀어 오른 꽃봉오리 쪽으로 다가갔다…….

'아아! 어… 어떡하지……! 그러면 분명히… 소리가……!'

곧 몰아닥칠 예리한 쾌감을 예감하고, 난 잇세이 씨를 얽어맨 두 다리에 더더욱 힘을 줬다.

그리고 드디어, 그의 손가락이 내 꽃봉오리에 닿자…….

"…후…… 아으으으윽……!"

나도 모르게 입을 벌리고 세차게 몸을 젖혔다. 등줄기에서 머리끝까지 찌릿찌릿한 전기가 흐르는 것 같았다.

아, 어떡해……!

잇세이 씨의 가벼운 손가락 터치만으로도 쾌락의 스위치가 켜진 것처럼 온몸이 나른해졌다.

"아… 아……! 잠깐, 잇세이… 씨……!"

"쉿……. 얌전히……."

잇세이 씨가 가만히 속삭이며 귓불에 입을 맞췄다.

그의 뜨거운 숨결에 눈앞이 새하얘질 정도로 아찔해졌다. 몸속에서 달콤한 샘물이 솟아나는 게 느껴졌다.

"우웃…… 아…… 으으……."

터져 나오는 신음을 참기 위해 필사적으로 입술을 깨물고 고개를 흔들었다. 잇세이 씨가 침을 꿀꺽 삼키더니 내 무릎을 자기 어깨에 걸쳤다.

"앗……!"

나도 모르게 그의 팔을 꽉 붙들었다.

잇세이 씨는 잠깐, 편집장님이 주무시고 계신 방 쪽을 쳐다봤다.

그리고 타오르는 것 같은 눈으로 날 내려다봤다.

그의 몸에서 땀이 촉촉하게 배어나오고 있었다.

"아스카 씨. 조금만 참아요……."

잇세이 씨의 손이 내 입을 틀어막았다. 다음 순간, 그의 분신이 내 은밀한 동굴을 뚫고 밀려 들어왔다.

"…으읍……!"

아랫도리가 쪼개질 것 같은 강한 충격에 눈이 커졌다.

뜨겁게 달아오른 잇세이 씨의 눈이 주의 깊게 내 반응을 살피고 있었다…….

열쇠도 없는 장지문 방에서, 그는 내가 정신을 놓고 비명지르지 않도록 주의 깊게 힘을 조절하면서 그의 분신을 천천히 내 안으로 밀어 넣었다…….

'아… 아… 아…… 아……!'

잇세이 씨의 뜨거운 불기둥이 들어오자 나는 눈을 부릅뜬 채로 그의 팔을 꽉 움켜잡았다.

그 기둥의 끝이 정중앙을 미끄러져 나갔다가 다시 동굴 입구를 쿡 찔렀다. 난 반사적으로 몸부림을 쳤다.

"흐아아아앙……!!!"

내가 버둥거리는 사이 안까지 쑥 들어온 그의 분신.

머릿속이 노래지는 것 같았지만 나는 간신히 이를 꽉 물며 멀어져가는 의식을 붙들었다.

잇세이 씨가 얼른 내 얼굴을 살피더니 리듬을 조절했다.

그 박자에, 다시 그곳이 꿈틀거렸다…….

…아아아아아앙……!

등줄기가 멋대로 활처럼 둥글게 굽더니, 온몸에서 경련이 시작됐다.

질끈 감은 눈에서 쾌락의 눈물이 찔끔 배어났다.

금방이라도 신음을 터뜨릴 것처럼 입술을 벌리고 죽어라 머리를 흔들었지만, 그래도 필사적으로 소리를 죽이는 날 보고 더욱 흥분한 잇세이 씨가 내 양쪽 가슴을 거세게 거머쥐었다.

잇세이 씨, 안 돼요……!

황급히 막는 내 팔을 뿌리치고 그가 난폭하게 가슴을 주무르기 시작했다.

'아아아아……! 안 돼……! 그러면 정말……!'

그다음 일은 머릿속에 안개가 낀 것처럼 잘 기억나지 않는다.

어쨌든, 흥분한 잇세이 씨는 내 다리를 아플 정도로 벌리고 짐승처럼 거칠게 허리를 놀렸다.

영원히 계속될 것 같은 그 움직임에 아랫도리가 화상을 입을 것처럼 뜨거워졌다…….

잇세이 씨는 소리를 내지 않으려고 이를 악물고 참는 나를 벽으로 밀어붙이고 뒤에서도 밀고 들어왔다.

그리곤 버거울 정도로 큰 그의 분신으로 날 뒤흔들며 속삭였다.

"…지금 편집장님이 일어나면 어떡하죠?"

싫어!

이런 모습을 들키는 거…….

이런 동물 같은 모습을 들키는 거…….

하지만…….

그런 생각을 하자 왠지 가슴속에서 뜨거운 불길이 치솟는 것 같아서 벽에 붙어 있던 나는 격렬하게 허리를 흔들었다.

잇세이 씨도 두 팔로 내 허리를 꼭 붙잡았다.

그리고 무서울 정도로 긴 리듬으로 입구부터 안쪽까지 파고들었다. 눈앞에 불꽃이 튈 것처럼 격렬하게…….

소리 없는 비명을 지르던 나는 마지막으로 깊숙이 밀려든 그의 불기둥을 이기지 못하고 결국 바닥으로 무너졌다.

두 손으로 내 엉덩이를 꽉 움켜쥔 잇세이 씨의 허리가 부르르 떨렸다. 내 몸속으로 뿜어져 들어오는 뜨거운 액체가 느껴졌다.

아, 나와……. 나오고 있어……!

나는 몸서리를 치며 내 몸을 꼭 껴안았다.

아이가 생길 것 같다는 달콤한 생각이 드는 것은 왜일까? 모두들 이럴까?

모든 것을 쏟아낸 잇세이 씨가 탈진한 것처럼 내 등 위로 스르르 쓰러져 내렸다. 그 무게마저 행복하게 느껴졌다.

나는 의외로 근육이 탄탄하게 잡힌 그의 팔을 껴안고 키스했다.

왠지 너무 사랑스러웠다.

잇세이 씨도 내 어깨를 어루만지며 몇 번이고 입을 맞춰줬다. 무척이나, 무척이나, 사랑스러운 듯.

"잘했어요……."

그가 낮게 속삭이는 게 들렸다.

그 말에 난 잠들듯이 스르륵 눈을 감았다.

잇세이 씨. 이상한 사람…….

요리를 잘 하는, 자유로운 다도인.

당신이 무슨 생각을 하는지 나는 하나도 모르겠어요.

부드러운 사람인지, 격렬한 사람인지도.

하지만 당신이 정말 누구를 좋아하는지, 그것만은 알 것 같은 기분이 들어요…….

*　　*　　*

교토역까지 배웅을 나온 잇세이 씨가 '가는 길에 드세요' 하고 내민 것은 다도 명가인 우라센케(裏千家)에 납품하는 유명 식당에서 만든 도시락이었다.

"우왓! 너 이 녀석, 언제 이렇게 예쁜 짓을 했어!"

학생시절 같은 말투로 놀라는 편집장님에게 잇세이 씨가 미소 지었다.

"몰랐어요? 역 앞 백화점에 예약하면 여기서 만든 여러 가지 도시락을 살 수 있는데."

"호오— 참 편리해진 세상이야. 꽤 비쌀 것 같지만……."

신기한 얼굴로 도시락에 코를 박더니, '맛있을 것 같아……' 하고 중얼거리는 편집장님.

시크한 얼굴에 어울리지 않는 천진난만한 행동에 잇세이 씨가 웃음을 터뜨렸다.

"손이 많이 가는 음식이니 비싼 게 당연하죠."

"아니, 그건 그렇지만……."

그러다 흠칫 놀라는 눈으로 잇세이 씨를 돌아본다.

"너무 무리한 거 아냐? 너 돈 없잖아!"

편집장님이 걱정스러운 표정으로 잇세이 씨를 바라봤다. 실례예요! 난 팔꿈치로 편집장님을 쿡 찔렀다.

"잇세이 씨의 다도회가 얼마나 성황이었다고요. 참석한 손님들도 대단한 사람들뿐이었어요!"

"호오. 그래?"

편집장님이 눈을 둥그렇게 떴다. 잇세이 씨가 멋쩍은 듯 뺨을 긁적거렸다.

"뭐, 그럭저럭요."

"그렇구나."

편집장님이 자기 일처럼 기뻐하며 표정을 누그러뜨렸다.

"언젠가 인정받을 줄 알았어. 뭐, 얼빠진 괴짜 녀석이긴 하지만."

"…감사합니다."

"우리 잡지에도 자주 실어야겠군. 아, 이번 취재 사례는 톡톡히 할게."

'신세진 보답이야' 하며 선배 행세를 하는 편집장님에게 잇세이 씨가 빙긋 미소 지었다.

"괜찮아요. 저도 아스카 씨한테 폐 많이 끼쳤는걸요."

"엣! 자, 잠깐, 잇세이 씨……!"

갑자기 무슨 소리를 하시는 거예요!

얼굴이 새빨개져서 허둥대는 나.

편집장님이 어리둥절한 얼굴로 내 머리에 손을 얹었다.

"이 녀석이 도움이 될 일이 있었어? 편집부에서 제일 손이 많이 가는 덜렁이인데?"

"앗, 편집장님! 너무해요!!"

발끈하는 나를 보고 편집장님이 웃음을 터뜨렸다. 잇세이 씨가 어깨를 까딱였다.

"아스카 씨는 못 당한다니까……."

나는 잇세이 씨를 돌아봤다.

잇세이 씨가 의미심장한 눈빛으로 날 바라봤다.

"정말 귀엽고 친절한 분이에요. …편집장님이 좋아하는 것도 당연하죠."

그때 출발 신호가 울리고 우리는 서둘러 기차에 몸을 실었다.

문가에서 편집장님이 잇세이 씨에게 손을 내밀었다.

"또 보자. 잘 지내고."

잇세이 씨가 어울리지 않게 주뼛주뼛 손을 내밀었다. 편집
장님이 그 손을 꽉 잡았다.

담담한 악수를 마치고 잇세이 씨는 주저하면서 나를 바라
봤다.

나와도 악수를 해야 하는 걸까 망설이는 것처럼.

나는 작게 고개를 흔들었다.

괜찮아요, 잇세이 씨.

울음을 참는 듯, 그의 입술이 일자로 다물어졌다.

그가 편집장님과 잡았던 손을 천천히 아래로 내리더니 조
용히 쥐었다.

"…고마웠어요."

문이 닫히기 직전에, 그가 내뱉은 말.

그건 편집장님이 아니라 나에게 한 말인 것 같은데, 정말
일까?

서로 잘 모르는 채로 보낸 이틀 밤이었지만 살을 섞은 사
람이라 그런지 역시 이별은 쓸쓸했다.

언제 또 만날 수 있을지 벌써 가슴이 아파왔다.

내가 먼저 만나러 가진 않겠지만 다음에 일로 다시 만나게
된다면, 그땐 좀 더 많은 이야기를 나눴으면 좋겠다고 생각했
다.

아— 아. 이 일, 정말이지 너무 애달픈 것 같아요, 편집장님.

그렇게 생각하면서 옆자리를 쳐다보니, 편집장님은 벌써 열심히 도시락을 까먹고 있었다.

"우왓! 정말 맛있군! 잇세이 녀석, 언제 이런 걸 준비해서……."

펴, 편집장님! 편집장님은 이별의 여운 같은 것도 몰라요?!

"응? 왜 그래 아스카?"

무슨 일 있냐는 듯 나를 쳐다보는 느긋한 얼굴. 에잇, 둔한 사람!

난 어깨를 들썩이며 부하로서 한마디 올렸다.

"편집장님. 볼에 밥풀 묻었거든요?"

〈오사카〉
떠쟁이 배우 지망생에게 녹다운

하얀 시트 위를 가로지르는 매끈한 몸.

한눈에 봐도 모델의 그것처럼 탄탄하고 아름다운 육체가
실오라기 하나 걸치지 않은 채 내 눈앞에 펼쳐져 있었다.

백구십 센티에 가까운 훤칠한 키.

각이 단단히 잡힌 어깨. 쫀득하게 조여진 복근.

건장한 몸에 어울리지 않는, 아이같이 순수한 미소…….

"여기 한번 만져보라니까요~?"

그는 그렇게 말하면서 손으로 두툼하게 부풀어 오른 사타
구니 사이를 가볍게 쓰다듬었다.

"시, 싫어!"

"왜요? 지금이 마지막 기회일지도 모른다고. 난 곧 유명해

질 거니까~!"

우와. 진심으로 그렇게 말하는 거야?!

난 기가 막혀서 멍하니 그의 얼굴을 바라봤다.

그의 이름은 키시다 류(岸田龍). 아마도 연하.

선풍적으로 인기를 끌고 있는 타코야키 노점의 주인이자 배우 지망생.

텔레비전에 나올 때마다 가벼워 보인다고 생각했는데.

"…진짜로 가벼운 사람이었어."

내가 한숨을 쉬자 류는 깔깔거리며 웃더니, '아니라니까!' 하고 말했다.

"누나가 내 타입이라 특별 대우 해주는 거예요—!"

하아……. 진짜인지 거짓말인지.

"그러니까 빨리……."

어느새 솟아오르기 시작한 그것을 류가 천천히 어루만졌다.

나는 당황해서 얼른 눈을 돌렸지만 두근거리는 가슴은 어쩔 도리가 없었다.

이런 난감한 시추에이션이 있나. 어떡하지? 어떡하면 좋지……?

"누나~ 여기 좀 봐요……."

류의 손이 내 허리를 감싸자 나는 움찔 하며 몸을 움츠렸다.

"뭐 어때요. 하자. 응? 부탁이에요. 하게 해줘요. 콘돔 꼭 쓸게요…… 응? 응?"

"아, 아, 안 돼……!"

아무리 생각해도 이건 아니야……!

나는 벌떡 일어섰다.

"도, 돌아가!"

생글생글 웃던 류가 눈을 휘둥그렇게 떴다.

"에?! 진짜로?!"

아아, 정말.

또 이런 일이 생기다니.

도톰한 입술을 삐죽거리며 압박해 오는 귀여운 얼굴을 밀치면서 난 내 멍청함에 진저리를 쳤다.

아무리 훈남이라도 그렇지 또 넋을 놔버리다니. 나란 인간은 어쩜 이렇게 바보 같지?!

아니. 물론 꼭 내 탓만은 아니었다고 변명하고 싶기도 하다.

나는 오늘 오사카 B급 구르메 특집을 위해 류의 포장마차에 잠입 취재를 하고 있었다.

맛보다도 가게 주인의 수려한 용모 때문에 인기를 얻고 있을 거라고 생각했는데, 타코야키가 의외로 엄청 맛있는 게 아닌가!

우와, 맛있어……!

포장마차 앞의 둥근 의자에 앉아 정신없이 타코야키를 먹고 있을 때였다.

갑자기 뜨거운 타코야키가 내 무릎 위로 툭 떨어졌다!

"꺄앗—!!!"

"아이쿠! 괜찮으세요?!"

깜짝 놀라 달려온 주인 청년이 땅바닥에 웅크리고 앉아 소스로 더러워진 내 옷을 닦아줬다.

"어떡하지? 아아…… 진짜 죄송해요! 어떡하면 좋지?"

"아. 괘, 괜찮아요. 비싼 옷도 아닌걸요."

그러자 그가 갑자기 날 이상하다는 듯 쳐다봤다.

"누나, 도쿄 사람이구나?"

"예? 아… 네……."

"쯧쯧. 자기 입으로 싼 옷이라고 불면 어떡해요? 비싼 옷이니까 얼른 물어내라고 난리치면서 잔뜩 뜯어내야지!!!"

"뭐라고요?!"

아하하! 오사카가 그렇게 살벌한 곳이었어?

그보다도, 제 발로 달려와서 이런 농을 치다니 재미있는 사람이네…….

"그러니까 제가 섭섭지 않게 변상해 드릴게요!"

그렇게 말하더니 청년이 갑자기 내 손을 잡아끌었다.

생각보다 큰 손에 갑자기 가슴이 두근거렸다. 일어서니 키도 훤칠했다.

"가요! 백화점에서 한 벌 쫙 빼드릴게요!"

"아니, 정말로 괜찮은데……."

"무슨 소리! 이런 꼴로 돌아가면 엄마한테 혼날 거예요. 아

아, 아메리카무라(오사카의 유명 쇼핑거리:역자 주)가 나오려나?'

……그렇게 휘둘리고 말았다.

귀여운 원피스를 얻어 입고 난바(오사카의 유명 도심:편집 주)의 명물 아이스캔디를 얻어먹은 것까지는 좋았는데,

당연하다는 듯 호텔까지 따라 들어올 줄이야…….

"정말이야. 진짜 이러지 마……. 응? 으… 으흡……!!"

갑자기 들이닥친 류의 입술에서 아까 먹었던 아이스캔디 맛이 났다.

아…… 달콤해…….

이런, 안 돼! 안 돼!

정신줄 놓고 있을 때가 아니야!

"아, 안… 된다니까……. 그… 만……."

"그러지 말고……. 부탁이에요, 응? 나 누나한테 첫눈에 반했단 말이야."

"거, 거짓말……! 아…… 으응…… 하아……."

어떡하지? 팔을 뿌리칠 수가 없어…….

실오라기 하나 걸치지 않은 채 나를 꽉 끌어안은 단단한 가슴팍. 정신없이 퍼붓는 입맞춤.

그리고 내 아랫도리를 살살 간질이는 뜨거운 물건…….

몸이 점점 달아오르자 당황스러웠다.

"마음껏 키스하게 해줘요……."

뜨거운 숨결이 귓불을 간질이자 나도 모르게 흠칫하며 몸

을 떨었다.

"봐, 누나도 느끼고 있잖아……."

"그, 그런 게 아니라…… 아핫……!"

"기분 좋죠? 그쵸……?"

"아, 안 좋아…… 아, 아하……!"

아아……. 정말이지, 나란 인간은…….

저항을 포기한 내 마음을 알아차렸는지, 류는 장난스러운 눈길로 살살 눈치를 보면서 내 손을 잡더니 자신의 몸 쪽으로 이끌었다.

"하… 하지 마…… 아아……."

너무… 크고…… 뜨거워……!

심장이 쿵쾅거리기 시작하는 순간 나는 눈을 질끈 감았다.

모두들 그런 걸까? 아니면 나만?

뜨겁게 부풀어 오른 남자의 그것을 만지면 이렇게나 몸이 확 달아오르고 만다니…….

"이걸 누나한테 넣고 마구 휘젓고 싶단 말이에요……."

귓가로 스며드는 외설스러운 속삭임에 등줄기가 다시 찌릿해졌다.

"응? 하게 해줄 거죠……?"

"안… 돼……."

"아아, 제발……. 하게 해줘요……."

류는 달콤한 응석을 가득 머금은 눈빛으로 나를 바라봤다.

귀여워라…….

왠지 커다란 강아지 같아.

나는 아무 대꾸도 못하고 그저 얼굴을 붉히고만 있었다.

그 틈을 놓치지 않고 류가 내 옷을 걷어 올리더니 능숙하게 브라를 풀었다.

우와, 엄청 익숙한 손놀림…….

하긴. 이 정도로 잘생겼으면 여자 경험이 한두 번이 아니겠지.

나는 아마 팔백 번째 여자쯤 되려나.

이런 생각을 하고 있는 사이, 또 다시 류의 입술이 덮쳐왔다.

단숨에 내 입술을 집어삼킨 류가 능숙하게 혀를 밀어 넣더니 거침없이 말아 올렸다.

"으으흡……!"

뿌리 끝까지 밀려 들어온 혀는 내 목구멍 너머까지 뻗어 나갈 기세로 입안 구석구석을 헤집었다.

"으응……! 하아… 아아…… 으응…….."

찰싹찰싹, 물빛 여운을 흩날리며 몰아치는 키스에 온몸이 나른해지고 정신이 몽롱해졌다.

아아. 이제 어떡하면 좋아…… 아아…….

숨 쉴 틈도 허락하지 않는 격렬한 키스.

그 난폭한 입술에서 해방되는 순간, 나도 모르게 하아……! 하고 거친 숨을 내뱉었다.

뺨에 열기가 오르는 것이 느껴졌다.

"누나……. 정말 맘에 들어……."

류가 갑자기 손가락으로 내 유두를 어루만졌다.

"아항……!"

"가슴이 너무 예뻐요……. 이 끝 좀 봐, 탐스러운 분홍색……."

"싫어……. 보지 마……."

"왜요? 맛있어 보이는데. 진짜 한번 먹어볼까……?"

류는 가슴을 가리려는 내 두 손을 한 손으로 가볍게 잡아 올려 날 꼼짝달싹 못하게 만들었다.

그리고는 입술로 내 유두를 강하게 빨아들였다.

"흐아아…… 으으…… 윽……!"

혀끝이 유두를 빙글빙글 돌리며 희롱하자 나는 허리를 젖히며 몸부림쳤다.

아… 안 돼……! 참을 수가 없어…… 아윽…….

류의 남은 한 손이 내 안쪽 허벅지를 어루만지기 시작했다.

"아……! 거, 거긴 하지 마…… 아아……!"

"여기가 약하구나……?"

씨익 웃는 류. 그대로 손가락을 쏙 밀어 넣어 팬티 속 내 은밀한 샘을 살짝 건드렸다.

"하으윽……!!"

"우와—! 장난 아니게 젖었는데? 누나, 야한 사람이었구나!"

"아, 아니야…… 이, 이제 제발……!!"

"부끄러워할 거 없어요. 나도 봐, 누나를 만지는 순간부터 이렇게 바짝 서버렸는걸……."

그렇게 말하면서 류는 점점 나를 새하얀 시트 속으로 몰아 넣었다.

그런 거친 행동에 어울리지 않는 동글동글하고 귀여운 눈이 내게 달콤한 미소를 흘리고 있었다.

"둘이 같이 화끈하게 뒤엉켜 봐요. 엄청 기분 좋을 거예요……. 진짜로 누나가 좋아서 그런다니까……?"

"거, 거짓말……! 아…… 아아……!"

좋아도 내 거기가 좋은 거겠지……!

나는 류의 머리칼을 부여잡은 채로 몸을 파르르 떨었다.

내 은밀한 계곡 사이에 하염없이 파묻혀 있는 그의 얼굴.

나는 망측한 모습으로 다리를 벌린 채, 삼십 분 가까이 류의 입술에 그곳을 내맡기고 있었다.

이런 식의 애무는 처음이었다…….

머리끝에서부터 발끝까지 퍼지는 쾌감에 온몸이 마비될 지경이었다.

머릿속이 새하얘지고 이마에서 땀이 배어 나왔다.

달뜬 신음을 내뱉는 것 말고는 아무것도 할 수가 없었다.

"아아아, 류……! 나, 나 이제……!"

그의 이름을 부르며 그의 머리칼을 그러쥔 손에 힘을 꼭 주어 절정이 임박했음을 알렸다.

벌써 몇 번째인지 모르겠다. 하지만 그럴 때마다 류는 심술궂게 입술을 떼고서 약을 올렸다.

'기분 좋아요, 안 좋아요?' 라고 속삭이면서…….

"제발… 부… 부탁이야……."

애원해도 모른 척했다.

그리고는 다시 손가락으로 젖은 꽃잎을 헤집고 할짝할짝 소리를 내면서 집요하게 핥아댔다.

힘이 꽉 들어간 단단하고 따뜻한 혀가 내 은밀한 동굴을 쿡쿡 찌르며 애를 태운다.

"아…… 아하…… 아…… 아아……."

참으려고 해도 목구멍 속에서 신음이 터져 나왔다. 애가 닳아서 시트 끝을 꼭 부여잡았다.

주체 못할 이 흥분을 거둬주지 않으면 미쳐 버릴 것 같다.

원하는 대로 말해주고 나면 편하게 해줄 거야……?

"류…… 류우……."

"응?"

여전히 나의 다리 사이에 고개를 묻은 채 대답하는 낮은 목소리.

노점에서는 그렇게 밝게 소리를 쳤으면서, 지금은 또 속삭이듯 달콤한 목소리를 낸다.

경쾌한 손놀림으로 타코야키를 빙글빙글 돌려가며 구웠으면서.

지금은 이렇게 열심히 날…….

"류… 우…… 너무 좋아……. 제발 나 좀… 어떻게… 해 줘…… 하악!!!"

살을 에는 것 같은 예리한 충격에 허리가 솟구쳐 올랐다. 딱딱한 그의 손가락이 미끌미끌한 내 동굴 속으로 비집고 들어온 것이다.

"아, 아학……! 아… 으으…… 응……!"

"…좋아요?"

낮은 속삭임에 부끄럽지만 고개를 끄덕였다.

가운데…… 손가락……? 아잇! 하나 더 들어왔어……!

두 개의 손가락이 내 은밀한 동굴을 잡아 넓히는 듯한 감각에 신음이 절로 터져 나왔다.

그러더니 갑자기 손가락이 안에서 휙 구부러졌다.

세찬 쾌감이 부드러운 꽃잎 사이로 솟아오른 꽃봉오리까지 튕겨져 나갔다.

"흐아아아아……! 아……! 뭐야 이거…… 아으으윽……!!!"

류는 반사적으로 비틀어지는 내 허리를 꼭 붙잡고 꽃봉오리를 빨기 시작했다.

"아아아아아……!!!"

안과 밖, 양쪽에서 꽃봉오리를 희롱당하자 쾌감이 소용돌이처럼 몰아치다가 등줄기를 타고 치솟았다.

"하아아아……! 안 돼…… 류…… 흐아아악……!!!"

몸이 멋대로 부들부들 떨렸다. 류는 몸부림치는 나를 보고 더더욱 흥분한 것 같았다.

"소리 죽이는데……? 남자친구한테 이런 소리를 들려주는 거예요?"

"나, 남자친구 어… 없어……! 아! 아… 안 돼…… 아아악……!"

"거짓말! 얼굴도 예쁜 데다 밤일을 이렇게 잘하는데……?"

류가 짓궂게 말하면서 다시 꽃봉오리를 입에 품고 단단한 혀끝을 빙글빙글 돌려가며 더욱 깊숙한 곳까지 헤집기 시작했다.

"아하아악! 흐윽……!!"

나는 머리를 쥐어뜯으며 괴로움과 환희가 뒤섞인 비명을 질렀다.

"싫어……! 뭐야, 이거!! 나 너무… 아, 아아아악!!!"

"또 싫어……? 사실은 좋으면서……."

"시… 싫어……! 히익! 아, 아아악……!"

손끝까지 부들부들 경련이 일었다. 아아. 더는 안 돼, 더는 안 돼, 더는…….

"으흑……! 아아아아……! 나, 나 좀…… 아으윽!"

아아… 아아……!!!

"아아…… 하…… 아악……!"

허리가 용수철처럼 하늘을 향해 힘껏 솟구쳐 오르더니 이내 침대에 털썩 널브러졌다.

아아… 이럴 수가……. 이 애… 정말 대단한 것 같아…….

하아, 하아, 하고 거친 숨을 내뱉던 중에 그곳에서 손가락이 쑥 빠지자 다시 한 번 흠칫 경련이 일었다.

"으으윽……!!"

"우와, 누나! 이것 좀 봐요……!"

류가 기쁜 표정으로 내 앞에 손가락을 내밀었다.

"누나의 거기에서…… 이거 보여요……?"

끈끈하고 투명한 꿀이 류의 손가락 끝에서 뚝 떨어졌다.

아아……! 나는 너무 부끄러워서 황급히 베개에 얼굴을 파묻었다.

"왜? 뭐가 부끄러워요? 난 야한 여자가 좋던데……."

정말……?

나는 살그머니 고개를 들었다.

류가 아주 맛있는 꿀을 음미하듯이 나의 은밀한 샘물이 묻은 손가락을 입으로 핥았다.

"헤헤~ 맛있는데~?"

"아앗! 변태……!"

"변태면 어때? 앗! 큰일이네, 벌써 쌀 것 같아……."

내 꿀을 핥으면서 류가 멍한 표정으로 자신의 물건을 훑기 시작했다.

마치 일부러 나한테 보이려는 것처럼…….

"아……."

하늘을 향해 불끈 치솟은 류의 분신을 보자 아랫도리에 묵직한 통증이 느껴졌다.

아아, 정말 싫다.

난 왜 항상 이 모양일까…….

그렇게 생각하면서도 슬금슬금 허벅지를 꼬는 나.

하지만, 왠지, 왠지…….

"…하게 해줄래요?"

류가 나를 똑바로 내려다보며 낮게 속삭였다.

부끄러워서 눈을 피하려 했지만 류가 내 턱을 잡더니 자기 쪽으로 향하게 했다.

"응? 하게 해줄 거예요……?"

심장이 쿵쾅거렸다.

빙긋이 웃는 저 입매. 분하다. 알면서 묻고 있어…….

"…싫어."

나는 류의 손을 뿌리치고 양손으로 얼굴을 감쌌다.

"후훗. 몽니가 심하시네……."

류가 내 가랑이 사이로 덮쳐들었다. 손가락 사이로 그 얼굴을 훔쳐보니 가슴이 절로 두근거릴 정도로 달콤한 미소를 머금고 있었다.

"…몽니가 심하다니?"

"고집 세다는 사투리예요."

류가 내 두 팔을 꽉 붙든 채 나의 은밀한 곳으로 자신의 분신을 밀어 넣었다. 팽팽하게 부푼 그것이 내 동굴 속에 박히자 나는 작게 비명을 질렀다.

류는 끝만 살짝 삽입한 채, 내 팔을 살그머니 풀고 신음하는 입술에 키스를 퍼부었다.

"이래도 싫어요……?"

달콤한 속삭임에 가슴이 먹먹해졌다.

하아……. 어떻게 매번……. 또 여행지에서?

또 이런 안타까운 해프닝?

「좋은 경험 쌓고 와.」

순간적으로 편집장님의 얼굴이 떠올랐다가 사라졌다.

"하아…… 읍……! 으읍… 으… 으으응……!"

입술로 내 입을 틀어막은 채, 류는 자신의 뜨거운 욕망을 내 그곳에 쏟아내고 있었다.

난 눈을 감고 그의 혀를 말아 삼키면서 온몸으로 눈앞의 커다랗고 단단한 육체에 매달렸다.

아아! 너무 커……!

몸 여기저기가 다 큼지막한, 아직 잘 모르는 남자…….

"아아아아……! 좋아… 좋아…… 류……!!"

"크… 으윽……! 누나……! 조… 조여드는 맛이 장난 아니야!"

커다랗게 M자로 벌어진 사타구니 사이로 류의 분신이 드나들 때마다 나는 날카로운 비명을 내질렀다.

"아악—! 류… 우……! 안 돼……! 그, 그게 깊이 넣으면……!!!"

류의 분신은 찌걱찌걱, 외설스러운 소리를 내면서 내 은밀한 곳을 거침없이 헤집었다.

불기둥을 쑤셔 넣듯 참을 수 없이 뜨거운 마찰.

류의 물건이 요동칠 때마다 자궁 속에서 울려 퍼지는 쾌감의 파도가 손끝까지 밀려들었다.

"아……! 류……! 좋아… 기분 좋아……!"

나는 류의 리듬에 맞춰 세차게 허리를 놀리면서 쾌감 속으로 빨려들었다. 입가로 침이 흘러도 모를 지경이었다.

그 모습을 보고 더더욱 흥분한 듯, 류는 꽉 조인 엉덩이를 더더욱 세차게 내 안으로 밀어 넣었다.

"누나! 너무 멋져……! 어디 가지 말고…… 여기 살아요!"

"안 돼…… 오늘만이야……."

그래. 오늘만.

오늘 이 시간만.

류한테도, 그리고 나한테도.

속으로 몇 번이고 그렇게 되뇌었지만 그럴수록 왠지 하나로 연결된 그곳이 더더욱 뜨겁게 타올랐다.

아아, 편집장님…….

알아요.

이 흥분이 가시고 나면 다시 제대로 일을 해야 한다는 걸…….

하지만, 지금 이 순간만은……

*   *   *

"우동인데 면이 없다고?"

그런 말장난 같은 요리가 어디 있냐고 생각했는데 진짜로 있는 게 아닌가!

소고기가 잔뜩 들어간 우동 국물이 정말 진하고 맛있었다.

"맛있어~!! 재미있는 음식이다, 이거!"

"그렇죠? 난바 그랜드카케츠(花月)에 올 일이 생기면 꼭 먹어요!"

이 요리의 이름은 '니쿠스이(肉吸い)'. 이곳 난바 그랜드카케츠의 명물이라 한다.

"언젠가 난바 그랜드카케츠 앞의 극장에서 공연하는 한 희극 배우가 '면은 빼주세요~'라고 주문한 게 니쿠스이가 만들어진 계기래요."

"헤에~! 그런 엉뚱한 주문도 통하는 게 오사카답네."

우동 국물에 고기 맛이 충분히 배어들어 감칠맛이 끝내줬다.

소고기와 우동 국물을 떠서 날계란이 얹어진 밥에 쓱쓱 비벼 정신없이 먹고 있는데,

물끄러미 날 쳐다보던 류가 파하하 웃음을 터뜨렸다.

"…왜?"

"아니~ 왠지 아까 호텔 방에 있던 사람이랑 전혀 다른 사람 같아서."

"뭐……?!"

나는 얼굴을 붉히며 류를 째려봤지만 류는 개의치 않고 넉살 좋게 웃었다.

"섹시한 누나인 줄만 알았는데 먹을 때 보니까 너무 귀엽네."

"시, 시끄러워!"

결국 아침까지 호텔에 머물러 버린 류.

기진맥진해서 쓰러졌다가 또다시 몸을 섞기를 수차례. 정신을 차려보니 아침이었다.

"우리 되게 잘 맞는 것 같지 않아요? 몇 번 기절했었죠?"

"그만하라니까……?!"

류는 야단을 못 들은 척 빙글빙글 웃으면서 국물을 휘휘 저었다.

아아― 엄청 능글맞은 녀석한테 걸린 것 같아. 아님 오사카 사람들은 다 이런가?

신경을 끄도록 노력하며 눈앞의 음식에만 집중하려 했는데.

기사거리가 좀 모자라.

그렇게 생각하면서 나는 류에게 재차 확인했다.

"있잖아, 진짜 요시모토 쪽 사람하고 인터뷰하게 해줄 거지?" (오사카에는 일본의 거대 연예기획사인 요시모토흥업의 개그맨

들이 출연하는 공연장이 모여 있다:역자 주)

"걱정 말라니까. 나랑 정말 친한 형이라고요."

타코야키를 팔면서 배우를 지망하고 있는 류.

B급 구르메 취재로 내가 고민을 하고 있자니, 일단 자기가 아는 형한테 추천을 받아보는 게 어떠냐고 제안해 주었다.

염치없기도 하고, 일보다 다른 것에 빠져서 허우적대긴 했지만 그래도 그것은 매우 고마운 제안이었다.

"그럼 갈까요?"

"으, 응……."

오사카에서 일하는, 그것도 배우가 식당을 추천해 준다면 더할 나위 없이 좋은 기사감이지만.

하지만 진짜로?

살짝 못미더웠지만 '니쿠스이'도 맛있었고 하니 믿어보기로 했다.

가게를 나오자마자 류가 자연스럽게 내 어깨를 감싸 안았다. 나는 팔꿈치로 류의 옆구리를 쿡 찔렀다.

"죽을래?"

"왜요? 뭐 어때서?"

"하여간……."

어제부터 계속 이 모양이다.

자기 멋대로, 마치 애인같이…….

근데 진짜 키가 크긴 크구나. 새삼 자각하며 고개를 들었다.

턱이 한참 위에 있어…….

"응? 왜요?"

류가 애교스러운 표정으로 쳐다보자 난 당황해서 얼른 고개를 돌렸다.

"아, 아무것도 아니야…….."

"뭐가 부끄러워요?"

"부, 부끄러워서 그러는 거 아냐!"

"에이~ 아닌 것 같은데? 귀엽기는."

류가 하하하, 하고 크게 웃음을 터뜨리더니 내 어깨를 두른 팔에 더욱 힘을 줬다. 왠지 가슴이 두근거렸다.

이 아이는 분명 자기가 인기가 많다는 걸 알고 있어…….

엄청 자신만만하고 대담해. 어떡하면 여자를 기쁘게 하는지도 전부 알고 있어.

연하인 것 같긴 한데 몇 살쯤 됐을까? 궁금하지만 왠지 물을 수가 없었다. 한참 어리면 내가 주눅들 것 같았다.

아줌마 취급받는 것도 싫고…….

늠름한 팔에 안겨 걸어가는 느낌은 무척 편안했다.

하지만…… 나도 모르게 자꾸 어깨가 움츠러들었다.

류는 망설임 없이 성큼성큼 길을 안내하더니 길모퉁이 작은 빌딩의 엘리베이터에 올라탔다.

"…어디 가는 거야?"

"카페 가요, 카페."

아아. 카페에서 만나기로 했나 보군…….

하지만 엘리베이터 문이 열리자 난 깜짝 놀라 그 자리에 얼어붙었다.

"여, 여기가 어디야······?!"

핑크색 조명이 비치는, 창문도 없는 은밀한 공간이 그곳에 있었다.

카페 같은 구색을 갖추긴 했지만 명백히 수상한 분위기······.

"류······! 여기 어디냐고?!"

"응? 카페라니까?"

류는 아직도 시치미를 뗐다.

"거짓말! 카페 아니야!"

"거참 카페 맞다니까. 음료수 마실래요?"

그렇게 말하더니 류는 나를 안쪽 소파로 끌고 들어가 다짜고짜로 밀어 넘어뜨렸다.

"왜 이래······! 뭐하는 거야······?!"

"하하하, 미안~! 누나가 사랑스러워서 못 참겠어요!"

"주문하시겠습니까?"

옥신각신하고 있는데 갑자기 남자 목소리가 들렸다.

깜짝 놀라 고개를 돌리니 까만 테두리의 안경을 쓴 잘생긴 웨이터가 서 있었다!

"꺄앗!!!"

"아. 아이스커피 두 잔."

"알겠습니다."

고개 숙여 인사하고는 문밖으로 사라지는 웨이터. 류가 나를 쳐다보며 싱긋 웃었다.

"봐요. 카페 맞죠?"

뭐, 좀 야한 카페긴 하지만, 하고 덧붙이는 게 얄밉다.

"커플카페예요. 몰라요?"

"모, 몰라!"

"도쿄에도 있을 텐데~?"

"모른다니까!!!"

농을 치면서 살살 내 옷을 벗기던 류가 갑자기 브라를 휙 올리더니 유두를 세차게 빨았다.

"아학……!"

몸을 젖히며 신음을 내뱉는 순간, 테이블에서 달칵 하는 소리가 들렸다.

"주문하신 아이스커피입니다."

웨이터가 유리잔을 테이블에 내려놓고는 그대로 서서 물끄러미 날 내려다봤다.

어, 어째서 계속 보고 있는 거야?!

류는 웨이터가 보든 말든 개의치 않고 내 유두를 정신없이 물고 빨았다.

"으응! 류…… 하… 하지 마!"

"뭐 어때요. 보여주려고 온 건데."

에엣!!!

여긴 그런 데였어?!

태어나서 처음 맞닥뜨린 상황에 머릿속이 새하얘졌다.

가슴 위로 쏟아지는 달콤한 애무에 몸은 점점 달아올랐지만 한편으로 웨이터의 시선이 너무 신경 쓰였다.

뭐랄까, 저 안경 너머의 서늘한 시선이……

아아, 어떡해……

편집장님이 자꾸 생각나……

"하여간 내숭은. 이렇게 젖었으면서~!"

내 팬티 속으로 손가락을 찔러 넣은 류가 다정하게 속삭였다.

"아하…… 아…… 으윽……!"

"봐요. 손가락이 아주 그냥 쑥 들어가는데~?"

손가락이 깊숙한 곳까지 파고들자 나는 양손으로 입을 틀어막고 신음을 참았다.

아, 안 돼, 몸이……

몸이 자꾸 멋대로…… 아하앙……!!

"흐…… 아…… 아……!"

"괜찮아요. 보여주라니까요?"

짓궂은 목소리에 대꾸를 할 정신이 없었다. 이젠 눈도 제대로 뜰 수 없었다.

그 와중에도 우리를 물끄러미 쳐다보고 있는 웨이터의 시선이 느껴졌다. 숨을 꿀꺽 삼키는 것 같은 희미한 소리도 느낄 수 있었다.

살짝 눈을 뜨고 훔쳐보니 웨이터는 자기 사타구니 사이에 손을 넣고…….

"꺄앗……!"

당황해서 얼른 고개를 돌렸다. 하지만 얼핏 봐버린 시커먼 물건의 형태가 머릿속에서 사라지지 않았다.

"하지 마… 류……. 싫어……."

류의 손길에 무방비상태로 당하면서 잠꼬대처럼 중얼거렸다.

"아… 아…… 하지… 마아……."

나는 필사적으로 옷을 끌어당기려고 했다.

하지만 어제 겨우 알게 된 이 남자는 내 다리를 벌린 채 손가락으로 내 은밀한 곳을 거침없이 헤집었다.

나는 온몸을 휘감는 쾌감과 수치심에 몸부림쳤다.

이런 장면을 보이다니 죽고 싶을 정도로 부끄러웠다…….

몸을 뒤틀며 부끄러워하는 내 모습이 오히려 류를 더 자극시킨 것 같았다.

"그렇게 부끄러워요? 아— 진짜 못 참겠다. 너무 귀여워……."

"하지 마… 아……! 이, 이런… 이런…… 으으……! 아하……! 하… 아아악……!"

류가 나를 빙글 돌리더니 팬티를 내리고 자신의 분신을 내 안으로 쑤셔 넣었다.

고개를 세차게 흔들며 저항했지만 소용없었다.

단단하고 뜨거운 류의 분신이 내 꽃잎을 가르며 안으로 파고들었다. 난 소파에 뺨을 묻고 몸부림쳤다.

"아아아아아아앙………!!!"

내 아랫도리 깊숙이 꽂히는 불기둥. 류가 내 엉덩이를 아플 정도로 세게 거머쥐더니 양쪽으로 벌렸다.

"안 돼! 아아, 류! 하악! 아아…… 히익……!!"

"이쪽 구멍도 잘 보여줘요……."

그렇게 말하면서 류는 내 자궁 끝까지 닿을 기세로 팽팽하게 부푼 자신의 욕망을 깊이 밀어 넣었다…….

"하악……! 으…… 아아아……!!"

내 안에 깊숙이 들어온 류의 분신이 앞뒤로 움직이기 시작하자 온몸에 경련이 일었다.

무릎이 풀릴 것 같아서 황급히 소파를 꼭 붙들었다. 류의 손이 내 손을 꾹 덮어 눌렀다.

"누나. 누나 지금…… 뭐하고 있는 거예요……?"

"시… 싫어……! 아, 아아……!"

"응? 나랑 지금 뭘 하고 있는 거예요? 말해줘요. 응? 빨리."

짓궂은 류의 목소리.

그 와중에도 내 은밀한 동굴을 가득 메운 그의 분신은 뜨거운 기운을 내뿜으며 날뛰고 있었다.

"응……? 말해보라니까?"

"아하…… 야… 야한 짓……."

"정확하게. 뭘 그렇게 내숭을 떨어요!"

류의 그것이 벌을 주듯 쿡! 하고 강하게 찌르자 날카로운
비명이 터져 나왔다.

"빨리요, 누나. 이런 걸 뭐라고 하죠? 이렇게… 여자 거기
에 남자의 그걸 박아 넣는 행위. 사실은 뭐라고 하죠?!"

"아…… 세…… 섹스……."

그 말을 입에 담는 순간 아랫도리가 더더욱 뜨겁게 달아올
랐다.

아아…… 나…….

그래, 섹스를 하고 있어…….

지금 섹스를 하고 있어…….

몸속에 남자의 그걸 받아들이고 있어…….

"맞아요. 누나는 지금 섹스를 하고 있어요. 낯선 장소에서
다른 사람이 지켜보는 가운데 남자한테 몸을 내주고 있어
요……!"

"아아아아……! 시… 싫어…… 아아아… 아악……!"

수치심과 흥분이 극도의 쾌감으로 변해 온몸을 뒤흔들었
다.

"여기…… 내 게 꽂힌 누나의 몸…… 전부 보여요. 얼마나
예쁜지 몰라. 반들반들하게 젖은 분홍색……."

"하지 마… 아…… 아악…… 악!"

"보지 말라고 해봐요."

"아! 보, 보지 마…… 아학……!"

웨이터가 침을 꿀꺽 삼키는 소리가 들렸다.

일부러 내 앞에 서서 시커먼 물건을 주무르며 안경 너머로 눈을 반짝반짝 빛내고 있었다.

마치 시선으로 나를 범하는 듯⋯⋯.

아아, 보지 마, 보지 마⋯⋯!

난 머리를 세차게 흔들며 몸부림쳤다.

그런 얼굴 하지 마⋯⋯.

이런 나를 보지 마⋯⋯.

부탁이에요, 편집장님⋯⋯.

그 순간 내 가방에서 핸드폰 소리가 울렸다.

"아⋯⋯!"

"누구지? 누가 마침 이때⋯⋯."

류가 엉큼하게 미소 지으며 웨이터에게 명령했다.

"어이. 핸드폰 가져와."

엣, 말도 안 돼! 지금 전화를 받으라고⋯⋯?!

당황한 나에게 핸드폰이 건네졌다. 액정을 확인한 나는 '꺄앗!' 하고 소리를 질렀다.

⋯펴, 편집장님!

"편집장님? 그럼 더더욱 받아야죠."

내 액정을 훔쳐본 류가 씨익 웃었다.

웨이터가 통화 버튼으로 손가락을 뻗었다.

하, 하지 마!!!

나는 발버둥 치며 웨이터를 저지했다.

"안 돼! 모, 못 받아⋯⋯!"

"왜요? 상사잖아요. 전화 씹었다간 야단맞을 텐데?"

"안 돼, 무리야! 못 받는다니까……! 아… 안 돼…… 아
학……!"

류가 저항하는 날 찍어 누르며 허리를 좌우로 놀렸다.

거센 자극에 파르르 떨면서 소파로 고꾸라지는 순간, 류가
통화 버튼을 누르고 내 귀에 핸드폰을 갖다 댔다.

"여어. 아스카. 취재 잘 하고 있어?"

아아…….

익숙한 목소리에 눈을 질끈 감았다. 이상한 소리가 새어
나오지 않도록 필사적으로 입술을 깨물었다.

"어라? 여보세요? 아스카? 아스카, 안 들려?"

영문을 알 턱이 없는 편집장님의 목소리.

난 죽을 힘을 다해 평온한 목소리를 쥐어짜냈다.

"네…… 편집장님…… 들려요……."

"오사카는 어때? 맛있는 거 많이 먹었어?"

"아, 네에……."

류는 숨을 죽이고 있었다. 하지만 역시나, 이내 천천히 허
리를 움직이기 시작했다.

욕정에 젖어 꿈틀거리는 나의 은밀한 곳에서 그 커다란 물
건을 쑤욱 뽑아냈다가, 다시 거세게 안으로 쿡 밀어 넣었다.

"하으…… 으……."

"응? 아스카, 왜 그래?"

"아… 아니에요……. 아… 저기…… 으……!"

"응?"

"이, 있다가… 전화… 드릴……."

"왜 그래? 어디 아파?!"

편집장님의 걱정하는 음성이 수화기 너머로 들려온다.

안타까운 마음이 들면서도, 한편으로는 더욱 자극으로 몰려왔다.

"아니… 이제부터 야… 약속……."

류가 내 앞으로 팔을 감았다. 기다란 손가락이 검은 수풀 속으로 파고들더니 팽팽하게 부풀어 오른 꽃봉오리를 건드렸다.

"이…… 이익……!"

"약속? 잠입 취재 아니었어?"

"아… 그, 그게… 고… 공연장 사람하고…… 아하……!"

아, 안 돼……!

황급히 핸드폰에서 얼굴을 떼고 쿠션에 얼굴을 묻었다.

참아왔던 신음을 쿠션 속으로 뱉어냈다.

류가 짧은 리듬으로 허리를 흔들고 있었다. 꽃봉오리까지 예리한 쾌감이 밀려들었다.

이, 이제…….

"…고, 공연장 배우를 인터뷰하려고요……! 나중에 전화 드릴게요……!

후다닥 말한 뒤 나는 핸드폰을 빼앗아서 얼른 종료버튼을 눌렀다.

"하아…… 아아아아악……!!"

손에서 핸드폰이 미끄러져 떨어졌다.

의지만으로 막아냈던 쾌락이 홍수처럼 밀려들었다.

"히아아아아악……!!"

멋대로 허리가 부들부들 떨렸다. 내 그곳이 음란한 뱀처럼 류의 그것을 집어삼키고 조이는 감각이 싫을 정도로 생생하게 느껴졌다.

"장난 아니게 조여……!"

류가 단말마의 비명을 지르며 허리를 놀리더니 나에게 힘껏 몸을 밀착시켰다.

자궁 끝까지 끈질기게 휘저으며 난폭하게 가슴을 주물렀다. 난 모든 것을 내보인 부끄러운 몰골로 하염없이 비명을 내질렀다.

"아악! 류……!! 너무해……!!"

분명히, 분명히 이상하다고 생각하실 거야!

날 걱정해서 전화하셨는데, 열심히 취재를 하고 있어야 하는데! 근데 난 이런 장소에서 이런 짓을……!

"흐아아…… 나, 나 이제……!!"

죄책감과는 반대로 몸이 점점 달아올랐다.

난 류의 목덜미에 매달려 그의 부드러운 입술을 허겁지겁 빨아들였다.

몸을 뒤튼 탓에 빠져나간 류의 분신을 붙잡고 허리를 놀려서 다시 안으로 밀어 넣었다.

"하아악……!!"

"크윽……! 누나, 너무 섹시해!"

류가 근육이 잘 잡힌 팔로 내 엉덩이를 붙들고 위아래로 허리를 놀렸다.

나는 그 리듬에 맞춰 움직이며 뜨거운 샘물을 쏟아냈다.

"아아아…… 류……!! 아……! 나…… 이제…… 정말…… 아아악……!!"

류의 단단한 가슴팍에 매달린 채 난 온몸으로 욕망을 불태 웠다.

분홍빛으로 물든 내 눈앞에 비친 것은 땀을 흩뿌리는 류의 눈부신 피부와, 웨이터가 날 향해 주무르는 커다란 물건.

안경 너머의 눈동자가 흥분에 젖은 걸 알아챈 순간, 머릿 속에 편집장님의 말씀이 울리면서 정신이 아득해졌다.

「좋은 경험 쌓고 와.」

아아, 죄송해요, 편집장님…….

어딜 가든지 이런 짓만 하고 있어서…….

정신을 잃으려는 순간, 자세를 바꿔 내 위로 올라탄 류가 날 안으면서 그대로 내 안에 그의 마지막 정열을 뿜어냈다.

짐승 같은 울부짖음과 함께 뜨거운 액체가 뱃속에 가득 퍼 졌다. 나는 무의식적으로 아랫배를 부여잡았다.

아, 뜨거워……! 나와… 나오고 있어……!

안 되는데, 아이라도 생기… 면…….

땀범벅인 류가 정신이 몽롱해진 나를 힘껏 끌어안았다.

그런 나를 보던 안경 너머의 눈동자가 눈썹을 찌푸리며 질끈 눈을 감았다.

하얀 액체가 허공으로 튀었다.

*　　　*　　　*

류의 '형'은 오코노미야키 위에 마요네즈로 그림을 그려주는 곳을 추천해 주었다. 센니치마에(千日前)에 있는 유명한 가게였다.

오코노미야키가 구워지면 가게의 점원이 도시락에 끼어 있을 법한 작은 마요네즈를 뜯고, 능숙하게 츠텐카쿠(通天閣)의 그림을 그려준다. 그리고 그 옆에 한자로 오사카(大阪).

"와~ 멋지다! 재미있는데—?!"

손뼉을 치며 좋아하는 나.

하지만 류는 왠지 불만스러워 보였다.

"뭐, 맛있긴 한데……. 그래도 그렇지, 이 형 너무 노렸잖아."

"무슨 소리야?"

"봐요, 딴 지방에서 온 여자 관광객들은 다들 이런 거 좋아한다고."

"맞아. 재미있어. 사진도 찍을 수 있고."

"그러니까! 좋아할 걸 알고 점수 따려고 이런 델 추천한 거라니까."

류가 입을 삐죽이며 투덜댔다.

이상해. 자기가 먼저 형한테 물어보라고 했으면서.

"그럼 류가 추천하는 가게는?"

"있긴 하지만 안 가르쳐 줄래요."

"왜? 가르쳐 줘."

"…싫어요. 거긴 별로 재미없는걸요."

난 피식 웃음을 터뜨렸다.

삐친 모습이 왠지 귀여웠다.

그때 류의 핸드폰에서 전화벨이 울렸다. 주머니에서 핸드폰을 꺼내 액정을 확인한 류가 얼굴을 찡그렸다.

"뭐야. 형이잖아……."

왜 싫어하지? 하지만 어쨌든 전화를 받았다.

"여보세요……? 아니~ 형, 제발 좀. 진짜로 오늘은… 에? 아니, 진짜 그런 거 아니라니까! 오늘은 진짜 안 돼!"

류는 왠지 어물거리면서 거듭 형이라는 사람을 말리고 있었다.

"아니야 진짜……. 하아……. 알았어. 쓸데없는 말 하면 안 돼……?"

류가 한숨을 푹 쉬더니 나에게 전화를 넘겨줬다.

"…형이 누나랑 통화하고 싶대요."

"나랑?!"

나는 머뭇거리면서 전화를 넘겨받았다. 낮에 극장에서 공연을 본 데다, 텔레비전에서도 가끔 본 배우라 조금 긴장이 됐다.

"…여보세요?"

"안녕하세요, 안녕하세요! 어때요? 그 가게 괜찮아요—?"

"아, 네! 덕분에 잘 먹고 있어요. 화제성이 있는 가게라고 알려주셨다고…….."

"그렇죠? 조금만 기다려요. 저도 금방 그리로 갈게요."

"예?"

"아스카 씨 지금 류랑 단둘이 있죠? 조심해요. 멍하니 있다간 단물 쪽쪽 빨리고 섹파 취급 당할지도 몰라요~!"

"섹파……?"

"섹스 파트너 말이에요, 섹스 파트너~ ♪"

"에엣, 섹스 파트너?!"

나도 모르게 소리를 지르고 말았다. 류가 황급히 핸드폰을 채가더니 종료 버튼을 눌렀다.

그리고 벌떡 일어서서 내 손을 잡았다.

"누나! 도망가요!"

"에?! 아직 다 안 먹었는데…….."

"안 돼요! 진짜로 형이 올 거란 말이에요!"

나는 억지로 류의 손에 이끌려 가게를 빠져나왔다.

류는 내 손을 꽉 쥔 채로 빠른 걸음으로 골목길을 빠져나가더니, 도톤보리(道頓堀)까지 나와서 겨우 멈춰섰다.

"가, 갑자기 왜 그래?!"

나는 하아, 하아, 하고 가쁜 숨을 몰아쉬며 투덜거렸다.

"마음껏 먹지도 못했는데. 진짜 이러기야—?!"

"미안. 하지만 형이 오면 형한테 당할지도 모른단 말이에요."

"에엣?!"

"…둔하긴. 형은 누나가 마음에 들었다고요."

에— 엣—?!

그래서 그렇게 급하게 도망친 거야?

깜짝 놀란 나는 류를 멍하니 올려다봤다.

"…근데 도망가도 돼?"

"뭐라고요?"

"아니 왜, 연예계는 상하관계가 엄격하다고 하잖아. 나중에 혼나는 거 아니야……?"

그러자 류가 발끈해서 입을 삐죽거렸다.

"설마 형이랑 자고 싶었던 거예요?"

"그, 그런 게 아니라!"

걱정해 준 건데!

나는 신경질을 내며 류의 팔을 툭 때렸다. 류는 하하하, 하고 웃으며 날 꼭 껴안았다.

"알아요. 괜찮아요, 괜찮아. 잠깐 얻어맞으면 되니까 걱정 말아요……."

"얻어맞다니…… 때리기도 해?"

"뭐, 한 두어 대 맞겠죠."

"에엣?!"

"괜찮아요. 걱정 말라니까."

류는 그렇게 말하면서 나를 더더욱 꼭 껴안았다. 뺨이 확 달아올랐다.

사람들의 시선도 개의치 않고 내 머리를 쓰다듬던 류가 속삭였다.

"아직 배고프죠? 뭐 먹으러 갈까요?"

"으, 으응……."

"어디가 좋아요? 아아, 신세카이(新世界)에 꼬치튀김 먹으러 갈까요?"

그렇게 말하면서 류는 내 턱을 살짝 들어 올려 키스를 했다.

치사해.

그러면 아이스크림 네온 간판마저 흐릿하게 보이잖아.

맞을 각오로 지켜주고, 꼬치튀김을 속삭이면서, 꼭 안고 키스하다니…….

하긴. 꼬치튀김에 흔들리는 여자는 나쁜일지도 모르지만.

나는 류의 품속으로 깊이 파고들었다. 웃긴 생각이라도 하지 않으면 눈물이 날 것 같았다.

"누나…… 왜 그래요?"

"미안. 잠깐 전화 좀 하고 올게."

핸드폰 시계를 확인하니 저녁 일곱 시. 편집부 사람들은 아직 퇴근 전이겠지.

"네!『미식여행』편집부입니다."

경쾌하게 전화를 받는 목소리는 동기 카와무라 레오.

"전화 받는 태도가 왜 이래? 좀 더 진지하게 못해?"

"오! 아스카? 배 찢어지게 먹고 있어?"

"지금 도톤보리야. 오코노미야키 먹고 나서 이제 꼬치튀김 먹으러 가려고."

"정말? 나도 꼬치튀김 먹고 싶은데. 좋겠다! 나도 지금 확 가버려?"

"내일 돌아갈 거야. 저기, 편집장님 좀 바꿔줘."

"오늘은 일찍 가셨어. 레스토랑 취재가시는 것 같던데?"

아……. 그래……?

갑자기 맥이 탁 풀렸다.

낮에 한 통화를 이상하게 생각하지 않으실지 내내 신경 쓰였지만, 퇴근하셨는데 일부러 전화하는 것도 좀 웃겨 보일 테고……

나는 할 수 없이 전화를 끊고 한숨을 내쉬었다.

출장지에서 또다시 이런 사고를 쳐서 뒤가 켕기는 걸까.

왠지 편집장님의 목소리가 듣고 싶었다.

하지만 어쩔 수 없지.

내일 아침에 다시 걸지 뭐…….

"미안. 기다렸지?"

나는 고개를 들고 뒤를 돌아봤다.

그리고 어라? 하고 고개를 갸우뚱했다.

류의 모습이 보이지 않았다.

"…류? 어디 있어?"

장난치고 있는 건가 싶어서 주변을 두리번거리며 살펴봤다.

하지만 없었다.

도톤보리 다리 위에 홀로 남겨진 나는 영문을 모른 채 우두커니 서 있었다.

"…어디 갔지?"

번호를 몰라서 전화도 할 수 없었다.

문득 머릿속에 류의 '형'이 한 말이 떠올랐다.

「섹파 취급당할지도 몰라요~!」

"…이제 나랑 볼일 끝났다는 건가."

갑자기 그렇게 품속으로 달려들었으니. 이제 귀찮아져서 사라진 거야?

"…그래. 상관없어."

고개를 드니 눈앞에는 화려한 오사카 거리. 하지만 왠지 서먹서먹했다.

"혼자 신세카이까지 가는 건 왠지 어색해……. 아, 신사이바시에서 우동 먹고 가야겠다."

그렇게 중얼거리며 길을 걷기 시작했다. 외롭지 않아. 원래 혼자 온 출장이었는걸.

왠지 눈물이 날 것 같았지만 입술을 꽉 깨물고 참았다.

두 번 다시 만나지 않을 사람.

만날 수 없는 사람.

그렇게 생각했기 때문에 호텔로 돌아왔을 때 난 진심으로 깜짝 놀랐다.

"류!!!"

호텔 방문 앞에는, 류가 날 기다렸다는 듯이 환히 웃으며 서 있었다.

*　　　*　　　*

"아…… 하…… 아아……."

류가 커다란 손으로 가슴을 부드럽게 어루만졌다.

나는 류의 등에 팔을 두르고 몸을 밀착시켰다.

내 목덜미에 키스를 퍼부으며 류가 집요하게 물었다.

"…누나, 내가 없어지니까 조금은 섭섭했죠?"

어, 어떻게 대답하면 좋지?

류가 유두를 비틀자 달뜬 신음이 목구멍 밖으로 넘쳐흘렀다.

"아……! 히…… 아…… 아앙……."

"응? 나 보고 싶지 않았어요? 응? 응?"

어린아이 같은 어리광……

류의 짓궂은 장난에 화가 나서 복수하고 싶었다. 왠지 분했다.

외로웠다고 말해주지 않는 나에게 류는 더더욱 거센 공격을 퍼부었다.

"아학! 아… 아아…… 하악!"

"누나. 남자친구 진짜 없어요?"

"응? 어… 없어…… 아아아……!"

"정말? 그럼…… 나랑 사귀자."

"에…… 에엣……?!"

류가 내 두 다리를 휙 들어 올려 팬티 위를 핥으려고 했다.

"안 돼……! 기다려……! 지금… 벗을 테니까…… 아, 아학……!"

류의 입술이 팬티 너머로 그곳을 강하게 빨아 당기자 용수철처럼 허리가 튕겨 올랐다.

"싫어……! 안 돼…… 더러워……."

"안 더러워요……. 진하고 좋은 향기……."

"안 되는데……!"

팬티가 휙 젖혀지더니 혀가 안으로 쑥 들어왔다.

"하앗! 아…… 흐으……. 아…… 윽, 아…… 아아……."

할짝할짝, 하고 울려 퍼지는 소리와 함께 머릿속이 나른해졌다.

이어서 그곳으로 손가락이 미끄러져 들어왔다.

"흐아아…… 윽! 아학……! 아… 안 돼, 거, 거기는……!"

거침없이 안으로 파고드는 손가락에 다리가 부들부들 떨렸다. 달아오른 몸이 자꾸만 간질거려 발가락에 힘을 꼭 주고 버렸다.

류가 내 다리를 M자로 접어 올리자, 너무 성급한 것 같아 조금 초조해졌다.

하지만 힐끗 쳐다본 류의 분신은 이미 새빨갛게 부풀어 있었다. 어서 빨리 저것을 받아들이고 싶은 마음에 심장이 두근거렸다.

"…괜찮죠?"

거친 호흡을 몰아쉬며 확인하는 류.

"으, 으응……."

"미안. 조금만 참아요……."

류가 그렇게 말하면서 조급하게 자신의 물건을 내 안으로 밀어 넣었다. 커다란 기둥 끝이 내 은밀한 동굴을 쪼개며 안으로 파고들었다.

크고 긴 기둥이 희미한 곡선을 그리며 거칠게 미끄러져 들어오는 느낌에 온몸이 떨렸다.

"아아아아학…! 아아아…… 류… 으윽……!"

나는 온몸으로 류에게 엉겨 붙었다.

남자다운 탄탄한 몸에 놀랍도록 부드러운 피부.

그의 허리에 다리를 얽어매고 그의 어깨를 꼭 깨물었다.

"류……! 류…… 으응…… 하아……!"

연결돼 있을 때는 조금은 솔직해질 수 있는 것 같다.

격렬한 키스를 받아 삼키며 류의 움직임에 맞춰 허리를 밀어 올렸다.

섹스란 참 이상하다.

몸뿐만 아니라 마음속까지 뒤흔드는 느낌.

점점 몸이 달아올랐다…….

"누나! 누나……! 나랑… 나랑…… 사귀자……."

안타까운 류의 목소리.

하지만, 지금뿐일 것이다. 분명.

그렇지만…… 너무 대단해!

"류……! 거기… 거기…… 너무 좋아……! 흐아…… 아아아아악!"

"여기? 누나, 여기?"

"응…… 거기……! 거기! 아아아아아아앗!!!"

찌걱찌걱, 외설스러운 소리와 함께 나를 뜨겁게 달구는 류의 분신.

나는 비명을 지르며 시트 위를 정신없이 뒹굴었다.

이렇게 어지럽혀진 내 모습을 아무에게도 보이고 싶지 않다.

지금 눈앞에서 날 안아주는 사람 이외에는…….

망설이는 마음을 비집고 점점 흥분이 자라나고, 눈앞에 하얀 불꽃이 튀면 어느덧 이성은 오간데 없어진다.

나는 항상 그런 것 같다……

마지막 비명을 내지른 뒤 널브러진 내 가슴 위로 류는 자신의 욕망을 분수처럼 뿜어냈다.

가슴의 둥근 곡선을 따라 내려와 쇄골 쪽으로 주르륵 흐르는 하얀 액체.

썩 기분 좋은 느낌은 아니었지만 문득 마음이 동해 손가락으로 그것을 찍어 혀로 살짝 핥아봤다.

"써……."

익숙해지지 않는 맛이다. 난 침대 위 휴지를 뽑아 얼른 그것들을 몸에서 닦아냈다.

그걸 보고 있던 류가 툭 하고 내뱉었다.

"…누난 진짜 섹시해요."

그래?

류가 불쑥 덮쳐왔다. 나는 어색하게 미소 지으며 류의 등에 팔을 둘렀다.

"난…… 잘 모르겠어."

류가 날 안은 채로 몸을 빙글 돌려 바로 누웠다.

"꺄앗……!"

"누나. 나랑 사귀자. 진짜로."

으음……. 류의 단단한 가슴팍에 뺨을 댄 채로 중얼거렸다. 뭐랄까…….

"누구한테든 그렇게 말하지?"

"아니라니까! 아, 밧데라(포르투갈어로 보트라는 뜻. 오사카 사람들이 고등어로 만든 초밥을 천이나 보자기로 눌러 보트 모양으로 진열해 놓은 것을 따서 유래된 명칭:역자 주) 먹을래요?"

류가 벌떡 일어나 침대 밑에 손을 뻗더니 부스럭거리며 봉투를 열었다. 절인 고등어를 올린 초밥이었다.

"밧데라도 오사카에서 처음 만들어졌대요."

"헤에…… 맛있어 보이네. 하지만 지금은 배 안 고파. 아까 많이 먹었는걸."

"에─! 내가 없어졌는데도 혼자서 뭘 먹으러 갔단 말이에요?!"

못 말려, 정말~! 하고 류가 웃음을 터뜨렸다.

"맛있는 음식으로 꼬드기려고 했는데!"

류의 볼을 꼬집으며 나도 웃었다. 정말이지, 이 아이는 여자 다루는 법을 잘 알아.

"좋아지면 힘들 거야."

"왜요? 오사카랑 도쿄는 생각보다 가까워요."

"아니. 그게 아니라. 너처럼 인기 많은 사람은 부담스럽다고 얘기하는 거야."

에엥~?

류가 어이가 없다는 표정을 지었다.

"나 한눈 안 팔아요!"

"거짓말. 섹파는 뭐야, 그럼? 엄청 많이 있지?"

"빙고~!"

류가 익살스럽게 대꾸하더니 금방 진지한 얼굴로 돌아와

말했다.

"하지만, 진짜, 진심으로."

"응?"

"진심으로 생각해 봐요……."

심장이 희미하게 고동치기 시작했다.

진심이라니…… 어떡하지.

나는 생각에 잠긴 채 류의 턱을 어루만졌다.

"근데…… 류, 몇 살이야?"

"응? 열아홉 살."

"그래……. 아니, 잠깐! 여, 열아홉?!"

나도 몰래 벌떡 일어났다. 뭐, 뭐야! 그렇게 어렸어?! 학교 졸업했다고 하길래 조금 안심하고 있었더니! 그, 그럼 나 지금 혹시 범죄행위?!

"뭐, 어때요, 누나. 나 지금 진심이에요. 귀여운 누나니까 형도 한판 하게 해주려고 했는데 아무리 생각해도 싫더라고. 진짜예요, 이거!"

"하아……!"

난 어깨를 축 늘어뜨렸다.

"……친구 사이로 끝내자."

*　　　*　　　*

도쿄로 돌아가는 길.

기차역 플랫폼에 와서까지 류는 '진짜로 안 돼요? 나 정말 진심이에요!' 하면서 날 설득하고 있었다.

"그래. 알았다니까……."

복잡한 기분이었다.

기쁘지 않은 건 아니었다. 하지만 좋아하게 되면 결국 이쪽이 눈물짓게 될 게 뻔한 사랑인걸.

기차가 들어오는 소리가 나자 나는 류의 어깨를 가볍게 쳤다.

"잘 있어. 고마워. 여기저기 데려가 줘서."

"누나……."

커다란 덩치를 하고선 울 것 같은 얼굴로 날 쳐다보는 류.

그 모습이 너무 귀여워서 또 잠깐 현기증이 났다.

"…고마워. 즐거웠어."

사실은 조금 센 척하고 있었다.

흔들리는 모습을 보이고 싶지 않았다.

류가 '진짜…… 후회할 거라니까?' 하고 투정을 부렸다.

"그럴까……?"

"후회할 거야! 누나는 분명 나를 잊지 못할 거야!"

큰소리를 치는 류에게 나는 마지막으로 일부러 면박을 줬다. 쭉, 신경 쓰였던 것을.

"류. 내 이름은 '누나'가 아니야."

류가 순식간에 얼굴을 붉히더니, 분하다는 듯 푹 고개를 숙였다.

그리고는 크게 한숨을 내쉬며 빨간 로고가 인쇄된 봉지를 건넸다. 아…… 551만두(오사카의 명물 만두. 551을 일본어로 음독하면 '고고이치'인데, 'Go! Go! No1'이라는 의미로 붙였다고 한다:역자 주)…….

"고마워. 맛있게 먹을게."

눈물이 왈칵 쏟아질 것 같았다. 얼른 뒤돌아 걷기 시작했다.

드디어 출발을 알리는 벨이 울리고, 등 뒤로 울음 섞인 목소리가 들려왔다.

"아스카 씨!"

돌아보려고 하다가 그만뒀다.

"후회할 거야!"

그럴까……? 후회할까……?

창문 너머로 눈물로 얼룩진 얼굴이 멀어져 갔다.

따뜻한 돼지고기 만두를 한입 베어 물면서 나는 생각했다.

후회, 할지도 몰라. 조금은.

…이 일, 정말이지 너무 애달픈 것 같아요, 편집장님…….

〈하카타〉
박력남의 뜨거운 명령

「나랑 사귀자.」

　도쿄에 돌아온 뒤로도 외로운 밤이면 자꾸만 류가 한 말이 떠올랐다.

　그렇게 직접적으로 말하면 가슴에 남아버린다.

　좋아한다고 착각해 버릴 것 같다…….

　"사랑은 다 착각이야—!"

　보글보글 끓는 모츠나베(일본식 곱창전골:역자 주) 앞에서 동기인 카와무라 레오가 의기양양하게 지론을 펼쳤다.

　편집장님이 우리를 요즘 인기라는 하카타식 모츠나베 식당에 데리고 온 것이다. 간단한 저녁식사 겸이었는데, 반주가

한 잔 들어가고 나니 그때부턴 회식 분위기가 되어버렸다.

"착각이라니 무슨?"

"여자들은 좋아한다는 한마디에 홀랑 넘어오곤 하거든."

"뭐……?!"

나도 모르게 발끈했다.

물론 류에 대한 일은 아무에게도 말하지 않았다. 하지만 좋아한다는 말을 그런 식으로 쓴다고?!

"웃기시네! 너 같은 남자를 여자의 적이라고 하는 거야!"

"헤헤, 땡큐!"

"칭찬이 아니라고!

제멋대로인 점이 어쩐지 류하고 닮은 것 같아…….

…헉! 그래서 류한테 쉽게 방심한 건가?!

"바보! 너 때문이잖아!"

"응? 뭐야, 무슨 소리야?"

"몰라도 돼!"

멋대로 화풀이를 하면서 난 편집장님을 힐끗 쳐다봤다. 편집장님도 사랑을 할까……?

편집장님은 통통한 곱창을 젓가락으로 집어 들고, 어딘가 못마땅한 표정으로 물끄러미 바라보고 있었다.

"왜 그러세요?"

혹시나… 하는 마음으로 물어봤더니,

"용서가 안 돼. 이 따위가 본고장의 맛이라니."

"……그러니까 자꾸 일벌레 소리를 듣는 거예요, 편집

장님."

난 괜히 힘이 쏙 빠졌다.

사랑 얘기 따위엔 흥미가 없으신가.

뭐…… 나야 좋지만.

쓸데없이 캐묻지 않으시니.

교토의 잇세이 씨의 마음도 몰라주고, 섹스 중의 통화도 전혀 눈치 못 채시다니.

맛에는 민감하지만 그런 부분에는 둔하신 것 같다.

"응? 무슨 얘기야, 아스카. 오사카에서 뭐 좋은 일 있었어?"

"…넌 쓸데없이 집요해, 레오."

나는 끈질기게 캐묻는 레오를 무시하고 곱창을 집어먹었다. 어라……?

"맛있는데요?"

고개를 갸웃거리는 나를 향해 편집장님이 눈을 부라렸다.

"너! 하카타 모츠나베 먹어본 적 없지?"

"예? 예……."

"이따위는 댈 게 아니야. 훨씬 맛있어. 본고장의 맛은 차원이 다르다고."

"말하자면 어떤 부분에서……?"

"그걸 설명할 수 있는 게 푸드 저널리스트 아닌가? 아직 멀었군."

그렇게 말하면서 어깨를 들썩이던 편집장님은 '하카타에

가보면 알아' 라고 말씀하셨다.

"와—!! 취재 보내주시는 거예요～?!"

"바보. 가끔은 자비로 좀 가."

"에—!"

"너, 요새 쓸데없는 어리광이 늘었어."

엣……? 생각지 못한 훈계에 가슴이 뜨끔했다.

편집장님이 손가락으로 안경을 추켜올리면서 한숨을 내쉬었다.

"솔직히 이번 오사카 기사는 너무 엉망이야. 무슨 일이 있었는지는 모르지만 신경 거의 안 썼지?"

"아니, 그게 아니라……."

나는 자신 없는 목소리로 중얼거렸다. 솔직히 정답이었다. 류가 재미있는 말을 많이 하니까 먹는 것보다도 얘기에 집중하느라, 맛이라든지 가게의 분위기 같은 것은 거의 신경 쓰지 못했다.

"이세시마 기사까지는 꽤 좋았는데. 긴장을 늦췄나 보군. 내가 너무 칭찬을 많이 해줬나?"

"죄송합니다……."

"너의 장점은 열심인 거야. 아직 경험치가 부족한 초짜지만 열심히 한 덕분에 지금까지 좋은 기사를 쓸 수 있었던 거야. 그렇지?"

"네……."

"설렁설렁 일한 벌이야. 이번 휴가에 자비로 하카타에 가서 본고장의 맛을 찾아와. 직접 먹어보면서 진지하게 맛을 음미하는 법도 기억해 내."

모두 옳은 말씀이었다. 난 엄청 반성했다.

결국 식사가 끝날 때까지 아무런 말도 더 이상 꺼낼 수가 없었다.

편집장님을 배웅하고 돌아오는 길.

풀이 죽은 내게 레오가 아이스크림을 사줬다.

"진짜 하카타 갈 거야?"

"갈 거야. 의욕을 보여야 버림받지 않지."

"설마 그러기야 하시겠어?"

"뭐… 하지만 저렇게까지 말씀하시는데 어쩔 수 없지."

"응……."

"나도 바짝 긴장해야겠네. 서로 힘내자."

그래도 동기라고, 평소에 보이던 가벼운 언행도 지우고 레오는 나를 응원해 주었다.

레오와 헤어진 뒤 난 살짝 한숨을 내쉬었다.

내가 그렇게 긴장을 풀고 있었나? 그럴 생각은 없었는데.

즉시 핸드폰으로 하카타행 비행기를 검색하면서, 내내 못마땅한 표정을 짓고 있었던 편집장님을 떠올렸다.

오늘은 '좋은 경험 쌓고 와' 라고 말해주지 않으셨어.

……왠지 아쉽다.

"좋아! 하카타에서 본고장의 맛을 찾아서 편집장님을 기쁘게 해드려야지!"

아무튼 이번만큼은 절대로 이상한 사고 치지 않겠어.

그렇게 결심하고 여행길에 올랐다.

그런데…….

"아스카, 어서!"

취기 때문에 흔들거리는 시야 한가운데로 두툼한 물건이 쑥 들어왔다.

커다랗게 부풀어 올라 위아래로 요동치는 유스케(雄介) 씨의 뜨거운 욕망.

말도 안 돼……. 이걸… 물으라고……?

유스케 씨는 망설이는 내 머리를 붙잡고 내 입술을 물건의 끝으로 떠밀었다.

"으읍……!"

"빨리! 입 벌려!"

유스케 씨가 다른 손으로 내 코를 틀어쥐었다.

숨이 막혀서 입을 열어버리자 그는 맹렬하게 발기한 그의 물건을 반강제로 들이밀었다.

"후아…… 아…… 흡……!"

"이빨 닿지 않게 살살. 혀만 써서."

머리 위에서 떨어지는 낮고 묵직한 명령. 우뚝 선 그의 앞에 웅크린 나는 수치심과 굴욕감에 몸을 떨었다.

아아……! 어쩌다가 내가 또…… 이런 일을…….

"으음…… 좋아. 좀 더 세게 핥아……."

유스케 씨는 내 머리를 붙잡고 허리를 놀리면서 거친 숨을 내뱉었다.

분해서 눈을 치켜뜨고 노려보니 우뚝한 콧날의 남자다운 얼굴이 씨익 웃음 지었다.

"당돌하고 좋은 눈빛이야. 맘에 들어."

입안의 물건이 한층 더 크게 부풀어 올랐다.

"으흡……! 후…… 아합……."

"그렇게밖에 못해?! 쭉 훑어 올리란 말이야!"

나는 숨이 막히는 것을 겨우 참으면서 필사적으로 혀를 움직였다. 잘 하고 있는 건지 어떤지 알 수 없었다.

이런 건 거의 해본 적이 없어서…….

"뭐야. 겉만 번드르르했잖아."

역시나 유스케 씨의 말투에 짜증이 가득 묻어났다.

"잘할 것 같이 생겨가지고."

뺨이 확 달아올랐다.

하지만 왠지 맘에 안 들면 그만두라고 말할 수가 없었다.

모츠나베 가게의 주인인 유스케 씨. 머리끈을 질끈 동여매고 호기롭게 작업복을 걸친 모습.

맨 처음 그를 봤을 땐 깡패 같아서 너무 무서웠다.

유스케 씨는 날카로운 눈을 빛내며 날 둘러싼 매장 직원들에게 버럭 소리를 지르고 있었다.

「너희들! 손님한테 지금 뭐하는 거야!」

직원들은 내가 먹으면서 자꾸 메모를 하는 게 이상하다며

잠입 취재를 의심하고 있었다. 이런 걸로 저지를 당하는 것은 처음이었다.

「형! 이 여자 수상해요!」

「맞아요! 또 이상한 기사가 나면 어떡해요!」

한마디씩 거들며 나를 몰아가는 사람들.

유스케 씨가 날 힐끗 쳐다봤다.

「미안해요. 얼마 전에 우리 가게를 취재한 잡지에서 엄청 악평을 해놔서. 당신, 기자?」

「네. 하지만 취재하러 온 게 아니에요. 공부하러 온 거예요.」

「흐음…….」

그 불만스러운 얼굴에 난 움찔 놀라 소리쳤다.

「먹으면서 메모도 하면 안 돼요?! 너무한 거 아니에요?!」

「…말투 보니 하카타 사람이 아니구먼. 어디서 왔소?」

「도쿄요!」

눈물이 찔끔 났다. 가게 사람들에게 혼나서 무서웠기도 하고, 일부러 도쿄에서 찾아왔는데 이런 일을 당한 게 분하기도 했다.

「공부라니. 뭘 알고 싶은데?」

유스케 씨가 무뚝뚝하게 물었다.

「본고장 맛의 비밀요!」

내 대답에 가게 안이 다시 술렁였다.

「그것 봐! 이 여자, 우리 비밀을 훔쳐가려고 왔어!」

「스파이야!」

엣, 어째서 그렇게 되는 거야?!

뭐야?! 이 가게—!!

유스케 씨가 큭큭 웃음을 터뜨렸다.

「미안하게 됐수다. 거친 놈들만 모여 있는지라.」

그리고 이렇게 말했다.

「나랑 승부 한번 해볼래요? 당신이 이기면 본고장 맛의 비밀, 내가 알려 드리지.」

그런데 하필이면 왜 그 승부가!

"이봐! 좀 더 집중해서 빨라고!"

유스케 씨가 허리를 흔들었다. 그때마다 그의 물건이 목구멍 깊숙이 미끄러져 들어갔다. 구역질이 나올 것 같은 걸 가까스로 참았다.

화가 났다. 하지만 내 입안에 가득한 싱싱한 육체, 쌉싸래한 그 맛.

아까 마신 술의 취기까지 합세하자 아랫배가 점점 뜨거워지는 것을 막을 수가 없었다.

이빨이 닿지 않도록 신경 쓰는 게 고작인 내 서투른 행위가 답답했는지, 유스케 씨는 내 입에서 그것을 쑥 빼냈다.

"싹싹 훑으라니까."

콧날에 드리워진 검은 그림자. 어두컴컴한 공간에서 그것은 서슬 퍼런 공포감으로 날 압도했다.

아아, 내가 못살아, 정말······.

희미한 죄책감을 느끼면서 그의 물건에 조심스레 혀를 댔다. 유스케 씨가 내 머리칼을 꽉 붙들었다.

"옳지. 그렇게……."

승부란, 술 시음이었다.

먼저 컵에 든 소주를 마셨다. 그리고 눈을 가린 뒤 열 종류 정도의 각기 다른 술을 마시면서 아까 마셨던 소주를 골라내는 것이었다.

「이거예요!」

「호오! 맞았어!」

유스케 씨가 감탄을 내뱉었다.

「제법인데? 같은 소주에다가 각각 다른 도수로 희석한 소주를 섞어서 내놨을 뿐인데 잘 맞췄네.」

「희석……?」

「뭐야. 알지도 못하면서 때려 맞췄구먼?!」

유스케 씨가 호탕하게 웃었다.

「소주를 물에 탄 뒤 냉장고에 숙성시켜서 마시는 방법 말이우. 하루 이틀 재두면 맛이 순해지기 시작하는데, 보통 열흘 정도 있다가 마시지.」

그렇구나. 취기가 얼큰하게 오르는 와중에 열심히 메모를 했다.

「자! 이제 본고장 맛의 비밀도 알려주세요!」

그런데 유스케 씨가 벌떡 일어서더니 가게 문을 드르륵 열고 나가 버렸다.

「뭐예요! 지금 도망치는 거예요?!」

난 화가 나서 유스케 씨를 쫓아 나갔다.

그랬는데. 지금 이 모양 이 꼴로…….

"하아…… 읍…… 으흡…… 응……."

무릎을 굽히고 그의 물건을 혀로 핥는 동안 손을 어디다 둬야 할지 알 수 없었다.

유스케 씨의 허리를 잡으면 편하겠지만, 그러면 마치 유스케 씨한테 매달리는 것처럼 보일 것 같아 싫었다.

할 수 없이 난 내 허벅지를 꼭 붙들었다. 중심을 못 잡고 이리저리 흔들리는 나를 보며 유스케 씨가 중얼거렸다.

"고집스럽긴……."

등줄기를 타고 전율이 돋았다. 눈앞에서 물건의 끝이 요동쳤다. 유스케 씨가 물건을 잡고 있던 손을 떼자, 그것이 마치 용수철처럼 위로 치솟았다.

불끈 솟아오른 치골. 탄탄하게 조여든 아랫배에 검은 수풀이 우거지고, 그 아래로 커다란 뱀 같은 기둥이 곡선을 그리며 뻗어 나와 있었다.

"자, 이리 와."

유스케 씨가 내 팔을 끌어당기더니 억지로 자기 몸에 내 팔을 둘렀다.

꽉 조여든 엉덩이가 손에 닿자 왠지 가슴이 두근거렸다.

유스케 씨의 분신이 꿈틀꿈틀 요동치고 있었다.

"아······."

"보기만 할 거야?"

네······.

살그머니 그곳에 입술을 갖다 댔다.

뿌리에 키스를 하고 혀를 내밀어 기다란 라인을 따라 핥아
내렸다.

유스케 씨가 내 머리를 붙들고 희미하게 신음을 내뱉었다.

기분 좋아요······?

갑자기 내 아랫도리가 확 달아올랐다.

잘 모르지만 어쨌든 나는 천천히 구석구석 그의 분신을 핥
은 뒤 다시 한 번 그 끝을 입으로 물었다.

츄읍, 하고 빨아들여 봤다. 조금 쌉싸래한 맛이 나서 절로
눈썹이 찌푸려졌지만 싫은 느낌은 아니었다.

"···하아······."

나도 모르게 그곳에 뺨을 비볐다.

내 안에 담고 싶었다.

이게 내 안에 들어오는 느낌을 상상할 수 있었다.

대체 난 언제부터 이렇게 돼버렸을까.

두 손으로 축축이 젖어서 날뛰는 그의 물건을 잡았다.

대단해. 두 손으로 잡아도 끝이 불거져 나오다니······.

무섭기도 하고 아랫배가 묵직하게 아파오기도 하는, 안타
까운 느낌.

유스케 씨는 자신의 물건이 여자의 마음을 설레게 한다는

것을 잘 알고 있을 것이다.

유스케 씨는 서두르지 않고 천천히 손끝으로 내 머리칼과 귀를 간질이면서 낮은 음성으로 명령했다.

"누워서 다리 벌려."

굴욕적인 명령.

하지만 나는 거스를 수 없었다.

아니, 거스르지 않았다.

바닥에 깔린 이불에서는 퀴퀴한 남자 냄새가 났다.

평소라면 질색을 했을 것이다. 하지만 지금은 그 냄새마저 더더욱 흥분을 고조시켰다······.

나는 무릎을 잡고 크게 M자로 다리를 벌렸다.

사타구니 사이로 시원한 공기가 닿는 것이 느껴지자 부끄러웠다. 어두컴컴한 게 얼마나 다행인지.

유스케 씨가 내 몸 위로 덮쳐오며 다시 명령했다.

"···더 높이 쳐들어."

"···네."

나는 눈을 감고 다리를 가슴 가까이로 꼭 붙였다.

그 순간 유스케 씨의 분신이 내 그곳에 살짝 닿았다.

"아······!"

"···됐어. 움직이지 말고 그대로 있어."

조금 갈라진 유스케 씨의 목소리.

그는 위에서부터 찌르듯, 천천히 그의 물건을 내 안으로 밀어 넣었다.

단단한 기둥이 내 은밀한 동굴을 벌리며 천천히 미끄러져 들어왔다. 그러다가 유스케 씨의 체중이 실리자 내벽을 비집고 안으로 쑥 파고들었다……

"하… 아앗! 으… 으응……! 아, 아… 아… 아…… 아아 아……!"

깊숙이 들어온 유스케 씨의 분신이 내 안에서 요동치는 것에 난 몸부림치며 절규했다.

"움직이지 마!"

날카로운 명령에 몸을 움찔했다.

"네… 에……… 아으……!"

"다리 오므리지 마. 계속 벌리고 있어."

내 어깨 옆에 손을 짚고 더더욱 허리를 세차게 놀리는 유스케 씨.

"아윽……!"

그의 물건이 더욱 깊숙이 파고들면서 신음이 절로 터져 나왔다.

내 허벅지 안쪽으로 그의 허벅지가 닿자, 그 큰 물건이 뿌리 끝까지 완전히 내 안에 파묻혔다는 것을 알 수 있었다.

내 은밀한 동굴이 팽팽하게 부푼 그것으로 빈틈없이 가득 메워진 느낌……

"윽, 하아……! 우…… 으윽! 유… 스케…… 씨……!"

손을 뻗어 온몸으로 매달리고 싶은 유혹을 꾹 참았다. 움직이지 말라고 했다. 움직이면 안 된다……

왠지 유스케 씨도 움직이지 않았다. 꿈틀꿈틀 일렁이는 페니스의 리듬만이 아랫배 가득 울리자 난 쾌감에 찬 비명을 내질렀다.

"하아…… 응… 하아……! 유스케 씨……! 대단해요… 정말 대단…… 해요……!"

"…뭐가 대단하지?"

"아……! 유스케 씨의…… 물건이……."

"왜?"

"아악……!"

짓궂은 목소리에 나는 세차게 머리채를 흔들었다.

"야한 아가씨네……."

유스케 씨가 내 사타구니를 문지르듯 천천히 허리를 돌리기 시작했다. 그러자 숨이 멎을 정도의 쾌감이 자궁을 뒤흔들다가 등줄기를 타고 올라왔다.

"으…… 아아아아……! 뭐야……! 뭐야 이거……! 아아, 아아악!!"

"움직이지 마……."

유스케 씨의 목소리가 날 얽어맸다. 쾌락에 취해 다리를 내리지 않도록, 나는 필사적으로 입술을 깨물고 눈을 질끈 감았다.

내 아랫도리를 가득 메운 그의 물건이 내 꽃잎과 점막을 문지르며 더욱더 안으로 밀려 들어갔다.

그의 무성한 검은 수풀이 내 꽃잎 사이로 부풀어 오른 꽃봉오리를 짓눌렀다.

뜨거운 불기둥이 내 동굴 속을 정신없이 뒤흔들었다.

나는 놀라울 정도로 빨리 절정의 파도가 밀려올 것을 예감
했다.

"아, 안 돼……! 유… 스케…… 씨, 아……! 아학……! 나,
지금……!!!"

미쳐 버릴 것 같아요……!!!

그렇게 생각하면서 고개를 돌린 순간이었다.

갑자기 유스케 씨가 몸을 일으키더니 내 몸에서 자신의 분
신을 쑥 뽑아냈다.

"아아악, 아아아악……!!"

갈피를 잃은 절정감이 온몸을 찌릿찌릿 마비시켰다. 허리
가 멋대로 흠칫거렸다.

"싫어! 유, 유스케 씨…… 왜요……?!"

나도 몰래 그를 향해 손을 뻗으며 애원했다.

그런 나를 물끄러미 내려다보던 유스케 씨가 옷을 훌훌 벗
어던졌다.

"…승부는 지금부터야."

엎드려.

엉덩이 높이 치켜들고…….

지금까지의 남자는 내가 전부 잊게 해줄게…….

뒤로 할 때 더욱 안타까워지는 건 왜일까…….

나는 유스케 씨의 살내음이 밴 얇은 이불에 손을 짚고 머뭇거리며 엉덩이를 들었다.

"…머리 숙여야지."

낮게 깐 목소리로 더욱 굴욕적인 자세를 요구하는 유스케 씨.

나는 바닥에 가슴을 댄 채 넙죽 엎드렸다.

…부, 부끄러워……!

머리로는 그렇게 생각했지만 가슴의 고동소리는 점점 커졌다. 저절로 달콤한 신음이 새어 나왔다.

얼른… 넣어주세요…….

나는 가슴속으로 그렇게 중얼거리며 눈을 감았다.

여자로 만들어주세요…….

왜 모욕적인 명령을 거역할 수 없었을까. 아마 그런 이유가 아니었을까 싶다.

남자의 그것이 내 속으로 들어올 때 퍼지는 그 독특하고 강렬한 감각.

세포란 세포가 확 곤두서면서 목구멍에서 멋대로 신음이 터져 나온다.

고통과 쾌락이 뒤섞인 묘한 느낌에 저절로 시트를 꽉 부여잡게 된다.

좋은가 싫은가를 논하기 전에 먼저 본능이 절규한다.

…희열에 찬 본능이 몸과 마음을 지배한다.

거칠거칠한 유스케 씨의 손이 내 허리를 붙들었다.

나는 이불에 뺨을 댄 채 눈을 꼭 감았다.

머릿속에 떠오르는 것은 오직 하나. 아까까지 내 입 속에서 날뛰던 두껍고 긴 기둥.

그렇게 묵직하게 부풀었는데도 중력을 거슬러 높이 치솟다니 참 신기한 일이다.

이윽고 그것이 내 은밀한 곳에 닿았다.

저 단단한 기둥이 내 꽃잎을 열어젖히고 뱃속 저 깊은 곳까지 파고들겠지…….

유스케 씨가 내 엉덩이를 꽉 움켜쥐고 좌우로 크게 벌렸다.

"…확실히 벌려줘야지."

"하, 하지 마요……!"

"왜? 싫지 않을 텐데? 이렇게 젖어서 내 물건을 기다리고 있는데……. 안 그래?"

터질 듯 팽팽하게 부풀어 오른 유스케 씨의 분신이 촉촉하게 젖은 내 갈라진 계곡 사이에서 천천히 위아래로 움직이기 시작했다.

커다란 기둥이 입구를 스칠 때마다 허리가 파르르 떨렸다.

"아……! 유스케 씨……!"

"여기야? 응……?"

유스케 씨의 분신이 흘러넘치는 나의 은밀한 꿀물을 온몸에 휘감았다. 그러다가 그 끝이 갑자기 내 뒤쪽의 꽃주름으로 향했다.

"아……! 아, 안 돼요……!"

나는 당황해서 엉덩이를 오므렸다.

하지만 그것보다 한 박자 빠르게 유스케 씨의 허리가 움직였다!

"아, 아앗! 안 돼요……!"

예상치 못한 상황에 온몸이 뻣뻣하게 굳었다.

어, 어떡하지?! 약간이긴 하지만 유스케 씨의 물건이 내 뒤쪽의 동굴을 비집고 파고들었다……!

아프기도 하고 간지럽기도 한 기묘한 감각에 식은땀이 줄줄 배어 나왔다.

"여기는 해본 적이 없나 보지?"

어두컴컴한 방에 유스케 씨의 낮은 목소리가 울렸다.

유스케 씨가 점점 더 격렬하게 허리를 놀렸다.

나는 숨조차 크게 쉬지 못하고 그저 눈을 휘둥그렇게 뜬 채 단말마의 신음을 내뱉었다. 그곳이 찢어질 것 같았다.

"하, 하지 마요! 아파……!!"

혹시라도 잘못될까 무서워서 움직이지도 못하고 겨우 목소리를 쥐어짜내 애원했다.

마치 그곳으로 흉기가 들어온 것 같은 공포감에 사로잡

했다.

"흐음. 처음이라……."

희미하게 입맛을 다시는 소리가 났다.

아, 안 돼! 제발! 거기만은 안 돼……!

분명히 찢어질 거야…… 무서워!

유스케 씨는 팽팽하게 달아오른 뜨거운 불기둥을 빙글빙글 휘저으며 겁에 질린 나를 압박했다.

"으, 하아……!"

지금껏 느껴보지 못한 감각이 엉덩이 사이로 퍼져 나갔다.

은밀한 샘물이 터져 나오는 게 느껴졌다.

아아……! 어, 어떡해……!

무서웠다.

한편으로는 그곳이 점점 묵직해지면서 서서히 몸이 달아올랐다.

안 돼! 그래도 저렇게 큰 건 분명히 무리…… 아학……!

"…안 돼……!"

비명과 동시에 그의 물건이 쑥 빠져나갔다.

아…… 다행이다…….

그렇게 생각한 다음 순간이었다.

"아아아아악……!!"

살을 에는 것 같은 충격에 나는 자지러지듯 비명을 지르며 등을 확 젖혔다.

뒤쪽에서 빠져나온 그의 물건이 갑자기 앞쪽으로 쑥 꽂혔기 때문이다.

난폭한 유스케 씨의 분신이 방심하고 있던 동굴을 비집고 들어와 내 온몸을 지배했다.

"아……! 아윽…… 하아……!"

불기둥이 세차게 꿈틀거리며 내 몸속 깊숙이 파묻혔다.

유스케 씨가 극심한 압박감에 눈물까지 흘리는 내게 속삭였다.

"…각오해. 하카타 남자의 맛을 알려줄 참이니까……."

유스케 씨는 내가 숨을 쉴 틈도 주지 않았다.

거친 신음과 함께 무너져 내리는 내 허리를 붙잡고 자기 쪽으로 거세게 끌어당겼다.

"아……! 잠깐… 유스케 씨……! 아… 아아……!"

그리고는 물기를 가득 머금은 소리와 함께 긴 리듬으로 허리를 놀리기 시작했다.

"아……!!!"

난 사정없이 비명을 내질렀다. 정신을 차릴 수가 없었다.

찌걱…… 찌걱…….

거대한 불기둥이 내 은밀한 곳을 무자비하게 파고들며 휘젓고 있었다.

그때마다 불끈불끈 일어선 혈관이 입구를 자극했고, 단단한 끝이 동굴 속에서 꿈틀거렸다.

"아, 아아악……! 아, 안 돼… 유스케 씨……! 유스케 씨……! 아아아아……!!"

나는 거센 자극을 못 이기고 비명을 지르며 몸부림쳤다.

갑자기 유스케 씨가 내 허리를 잡은 손을 풀었다.

그리고,

찰싹!!!

"…히익!"

유스케 씨가 손바닥으로 엉덩이를 때리자 달콤한 뻐근함이 온몸으로 퍼져 나갔다.

찰싹! 찰싹!

엉덩이를 칠 때마다 유스케 씨의 그것 또한 흔들리며 내 깊은 곳을 쿡쿡 찔렀다.

"이봐! 좀 더 조이지 못해?!"

"아아아, 유스케 씨!!! 으으으… 아윽……!!!"

나는 몸을 꼬면서 필사적으로 그곳에 힘을 줬다. 유스케 씨가 거친 숨을 내뱉으며 이제야 만족스러운 듯 목소리를 누그러뜨렸다.

"옳지……. 그래야지……. 그래… 좀 더 그렇게……."

"으으으……! 아, 아하……!"

"어서! 좀 더… 더 조이라니까……!"

유스케 씨가 엉덩이를 철썩철썩 때리며 사정없이 허리를 흔들자 혼이 빠져나갈 지경이었다.

무서우리만치 강렬한 쾌감의 끝에 눈물이 났다.

눈물로 얼룩진 눈앞에 보이는 것은 어두컴컴한 낯선 남자의 방.

편집장님한테 그렇게 혼나놓고 난 또 여행지에서 이런 짓을…….

"아으… 으아아아……!!"

짐승 같은 소리와 함께 절정감이 밀려왔다.

등줄기가 세차게 휘면서 허리가 멋대로 들썩거렸다.

그래도 유스케 씨는 봐주지 않고 나를 휙 돌려 눕혔다.

"아하… 아아아! 유스케 씨……! 나, 나 이제… 나 이제는… 아윽……!"

이제 안 되겠어요. 제발… 그만해 줘요…….

그렇게 애원했지만 유스케 씨는 전혀 들어주지 않았다.

"이번엔 여기……."

유스케 씨는 내 다리 사이로 사정없이 파고드는 한편 두 손으로 가슴을 주물렀다.

아… 아파……!

극심한 고통에 얼굴이 일그러졌지만 어떻게 된 일일까.

유스케 씨가 난폭하게 대하면 대할수록 몸은 점점 뜨거워졌다…….

"아하, 으으윽……! 뜨거워……! 뜨거워……! 유스케 씨… 너무 뜨거워요……!"

헛소리처럼 뜨겁다는 말만 반복하며 두 다리를 그에게 얽어매고 허리를 들어 올렸다.

이제 연결돼 있는 그곳밖에 생각할 수 없었다. 몸을 섞고 있는 것밖에 생각할 수 없었다.

찌걱찌걱, 젖은 소리를 흩날리면서 유스케 씨의 물건이 내 은밀한 곳을 뜨겁게 비비고 있었다.

단단한 기둥이 한껏 부풀어 오른 꽃봉오리를 리드미컬하게 스쳤다. 손가락이 오돌오돌하게 솟아오른 유두를 빙글빙글 희롱했다.

아아, 대단해……!

미쳐 버릴 것 같아… 아학……!

몸속의 불꽃이 점점 더 붉게 타올랐다.

이제 도망칠 수 없어! 아… 어떡하지! 죽을 것 같아, 죽을 것 같아, 죽을 것 같아, 무서워……!!

"아악……! 아…… 아아아아아!!!"

절규와 함께 눈앞으로 시뻘건 불꽃이 퍼져 나갔다.

그 속에서 일렁이는 것은 매서운 눈을 한 어떤 남자……. 유스케 씨.

유스케 씨는 나를 내려다보며 씨익 웃더니 여유로운 표정으로 얼굴을 들이밀었다.

"…진짜 남자를 알고 싶어?"

그동안 겪어온 남자가 적지는 않아.

하지만, 당신 같은 남자는 처음이야…….

*　　　　*　　　　*

어느새 나는 팔베개를 하고 잠들어 있었다.

머리 아래에서 팔이 살짝 빠져나가는 기척에 희미하게 눈을 떴다.

"으응……."

유스케 씨가 일어나 앉아 있었다.

뿌연 시야가 돌아오기를 기다리며 그 매끈한 등을 보는데, 무언가가 그 등을 가리고 있었다.

아니, 등의 절반을 뒤덮고 있었다.

"……!"

용 문신! 나는 깜짝 놀라 잠이 확 깼다.

"…벌써 깼어?"

"네? 아아, 네에……."

여, 역시 깡패였어?! 나도 모르게 코끝까지 이불을 끌어 올렸다.

"…귀엽구먼."

유스케 씨의 커다란 손이 내 머리를 쓰다듬었다.

그 부드러운 손놀림에 문득 다리 사이가 아직 욱신거리는 것을 깨달았다.

정말이지, 엄청났어…….

아까의 격렬했던 느낌을 떠올리며 혼자 얼굴을 붉혔다. 아랫도리가 간질간질해서 허벅지를 살살 비볐다.

그리고 이상하게 축축한 감촉에 깜짝 놀랐다.

"저기……."

나는 주저하면서 말을 꺼냈다.

"응?"

치익, 하는 소리와 함께 어둠 속에서 작은 불꽃이 일렁였다.

담배에 불을 붙이는 유스케 씨의 옆모습이 잠깐 떠올랐다가 다시 어둠이 깔린 가운데 담배 끝의 빨간 점만 빛났다.

"그게… 그러니까, 저기……."

"뭔데?"

살짝 짜증이 어린 목소리.

나는 고개를 숙이고, 하지만 겨우 용기를 내서 물었다.

"저기… 혹시 안에다 했어요?"

유스케 씨가 담배 연기를 뿜으며 날 돌아봤다.

"응."

"에엣?!"

말도 안 돼! 어떡해! 역시!

난 당황해서 몸을 벌떡 일으켰다.

"샤워해야겠어요!"

"왜?"

"위, 위험한 날이란 말이에요! 그러니까……."

그러니까 빨리 씻어내야 해.

그래 봤자 소용없을지도 모르지만, 아무것도 안 하는 것보다 나을 테니까…….

안절부절 못하는 나를 보더니 유스케 씨가 웃음을 터뜨

렸다.

"거짓말이야. 밖에다 쌌어."

아! 다, 다행이다……

안도의 한숨을 내쉬던 찰나, 다시 유스케 씨가 짓궂게 웃었다.

"거짓말. 사실은 그 섹시한 뱃속에다가 확 싸질렀지."

"엣?! 뭐라고요……!"

그럼 역시 위험하잖아!

뭐야, 진짜!

"빨리! 샤워실이 어디예요?!"

"아따! 귀 따군 거……."

"예……?"

"시끄럽다고."

머리를 긁적이던 유스케 씨가 일어나더니 방문을 드르륵 열고 복도에 불을 켰다.

"이쪽이야. 맘껏 써."

나는 유스케 씨가 던져주는 수건을 들고 총총히 샤워실로 향했다.

문득 돌아보니 유스케 씨가 화려한 티셔츠에 팔을 끼우고 있었다.

"…어디 나가려고요?"

"출출해. 돈코츠 라멘 먹으러 가야겠어."

"저도 가고 싶어요! 잠깐 기다려요!"

"뭐어?! 하여간, 먹성 하나는 끝내주는 아가씨구먼……."

혀를 끌끌 차는 유스케 씨의 목소리가 들렸지만 어떡하겠어. 나도 배가 고픈걸.

시원하게 쏟아지는 물줄기를 맞으며 몸에 새겨진 붉은 흔적을 세어 봤다.

난폭한 사람이야……. 하지만.

모츠나베 집 유스케 씨…….

얼핏 무서운 사람인 것 같지만 사실은 별로 무섭지 않아.

몸을 섞어보면 왠지 그걸 알 수 있다.

유스케 씨가 데려간 돈코츠 라멘 집은 허름한 조립식 건물에 자리한 조그만 가게였다.

불을 훤히 밝힌 내부는 밤중인데도 여전히 붐비고 있었다.

대로변에 인접한 탓인지 넓은 주차장에는 심야영업 중인 택시가 줄지어 서 있었다.

유스케 씨는 늘어지게 하품을 하면서 둥근 의자에 털썩 앉았다. 그리고 주방을 향해 '명태, 바리카타 하나씩!' 하고 소리쳤다.

딱 두 마디뿐이었다.

바리카타가 뭐지?

묻고 싶었지만 왠지 입이 안 떨어졌다.

"태, 택시 기사들이 많이 오는 걸 보니 정말 맛있는 집인가 보네요."

"응."

용기를 짜내 웃으면서 말을 걸어도 돌아오는 건 무뚝뚝한 대답. 유스케 씨는 못마땅한 표정으로 테이블에 팔꿈치를 대고 멍하니 앉아 있었다.

볼일 다 봤으니 나한테는 이제 흥미가 없어진 걸까. 성가신 걸지도.

그렇게 생각하자 문득 슬퍼졌다.

난 몸을 섞은 뒤에야 좀 더 많은 얘기를 나누고 싶어지는데.

이런 게 남자와 여자의 차이일까……? 나는 시무룩한 표정으로 생각에 잠겼다.

그때 유스케 씨가 테이블 위의 큰 주전자를 툭툭 때렸다.

"차 마셔."

아. 이게 차였구나.

그보다, 나보고 따르라는 거야?!

갑자기 발끈해서 유스케 씨를 홱 돌아보며 째려봤다.

하지만 그는 아무렇지도 않은 얼굴로 멍하니 앞을 응시하고 있었다.

우와―! 큐슈 남자들은 권위주의적이라고 하더니 진짜 그런가 봐…….

할 수 없이 차를 따르고 있는데 라멘이 나왔다.

기뻐하면서 먼저 냄새를 맡아본 나는 '으윽!' 하고 코를 싸쥐었다.

뭐, 뭐야! 이 퀴퀴한 냄새는!

돼지 사골의 냄새가 와일드하달까…… 너무 진해!

"안 먹을 거야?"

"아, 아니요! 먹을 거예요!"

마음을 굳게 먹고 면을 후룩 빨아들였다. 그런데 상상과는 전혀 다른 부드러운 맛이 입안으로 퍼졌다!

"아! 맛있어~!"

"그치?"

"네! 도쿄에서 먹는 것보다 훨씬 산뜻해요. 헤에~ 본고장의 돈코츠 라멘은 이런 맛이구나!"

감탄사를 연발하는 나에게 유스케 씨가 코웃음을 쳤다.

"흥! 이런 데가 진짜배기인데 말이지……. 가이드북에는 안 나온다니까."

"그런가요?"

"도시 것들 입에는 안 맞을 거 아니야."

으음……. 그럴지도 모르지만…….

"맛있어요. 제 입에는 아주 잘 맞아요."

"그래?"

순식간에 유스케 씨의 얼굴이 누그러졌다.

나도 기뻐졌다.

"처음엔 강렬한 냄새에 깜짝 놀랐지만 금방 적응되던데요? 아~ 이게 편집장님이 말씀하신 본고장의 맛……."

"……."

어라? 돌아오는 대답이 없자 나는 적잖이 당황했다. 유스케 씨가 엄청난 기세로 면을 빨아들이더니 주방에 추가 사리를 주문했다.

"많이 먹네요."

"많이 움직였으니까."

유스케 씨는 큭큭 웃으면서 의미심장한 눈으로 날 쳐다봤다.

난 얼굴이 새빨개졌다.

"아이 정말……."

얼굴을 돌리고 테이블에 놓인 초생강으로 손을 뻗자 유스케 씨가 '아직 안 돼' 하고 날 저지했다.

"생강은 먹고 난 후에 입을 개운하게 헹구기 위한 용도야. 다 먹을 때쯤 국물에 조금만 넣어야 산뜻하게 먹을 수 있다고."

"그래요? 도쿄에서는 처음부터 위에 얹어서 나오는데요?"

"안 돼! 도쿄 것들은 제대로 먹을 줄 몰라서 그래."

언짢은 표정의 유스케 씨.

그러고 보니 유스케 씨의 가게가 미식잡지에서 혹평을 받았다고 했지.

"모두에게 사랑받는 맛이 아니어도 돼요."

"…그렇지. 내 맛을 좋아하는 사람은 그래도 와줄 테니까."

"…전 맛있었어요."

유스케 씨 가게의 모츠나베.

어떡하면 진심을 전할 수 있을지 몰라 혼잣말처럼 중얼거리는데 유스케 씨가 짓궂게 씨익 웃었다.

"바—보. 내 물건은 항상 맛있다고."

"아, 아니! 그게 아니라 모츠나베 말이에요!"

그리고 그런 얘기 크게 하지 말아줘요!

유스케 씨는 새빨간 얼굴로 투정부리는 내 머리를 쓰다듬 었다.

그리고는 테이블에 두 사람 분의 요금을 던져놓고 잔돈을 받지도 않은 채 가게를 나왔다.

나는 그 뒤를 황망히 쫓아 나갔다.

유스케 씨는 어깨를 건들거리며 느긋하게 걸었다.

하지만 다리가 길어서인지 쫓아가기가 힘들었다.

기다리라고 말해도 기다려 줄 것 같지 않은 사람.

언제나 그럴까……?

왠지 얌전해진 마음가짐으로 그 뒤를 쫄래쫄래 따라갔다.

한참 걷자 인적이 드문 골목길이 나왔다. 유스케 씨가 그 제야 돌아보더니 날 향해 왼손을 내밀었다.

"…이리 와."

유스케 씨의 팔이 내 어깨를 든든하게 감싸자 가슴이 두근 거렸다.

유스케 씨의 어깨에 안긴 채 밤길을 다시 걸었다. 숨을 쉬 기 힘들 만큼 가슴이 쿵쾅거리기 시작했다.

흔히 '첫 남자'는 잊을 수가 없다고들 한다.

나 역시도 그렇지만, 이번에 뒤로 '처음' 경험한 남자는 더 더욱 잊지 못할 것 같은 예감이 들었다…….

"아윽……!"

관장약의 가는 호스 줄기가 엉덩이 사이로 푹 꽂혔다.

액체가 찌익 뿜어져 나오자 유스케 씨의 손가락이 가는 꽃 주름 사이를 꼭 덮었다.

극도의 수치심으로 손끝까지 떨려왔다.

하지만… 유스케 씨라면…….

유스케 씨는 아침 일찍부터 일어나 부지런히 모츠나베의 재료들을 준비했다.

"고리타분하지만……."

그렇게 말하면서 오래전부터 전해지는 수작업 방식을 고수했다.

묵묵히 곱창의 신선도를 확인하는 시선이나 칼을 쓰는 모양새에서 모츠나베를 향한 유스케 씨의 자부심과 고집을 느낄 수 있었다.

유스케 씨는 대강 준비를 마친 뒤 가게 점원에게 뒤처리를 맡기고 나를 텐진(天神) 거리라든지, 운하가 흐르는 캐널시티 등에 데리고 가줬다.

친절한 배려였다.

하지만 금방 나를 두고 멀찌감치 걸어가 버렸다.

아무도 없는 밤길에서는 어깨를 감싸 안아줄 거면서.

"같이 가요 유스케 씨!"

"……."

발길을 멈추고 나를 돌아보는 무뚝뚝한 옆모습에 희미하게 미소가 배어났다.

살짝 뒤틀린 목덜미나 억센 턱의 라인이 어찌나 섹시한지, 나도 모르게 가슴이 두근거렸다.

현해탄의 바다가 선물한 싱싱한 생선회를 먹으면서 유스케 씨가 물었다.

"언제 돌아가지?"

"에? …오늘 저녁이요."

뭐? 오늘 저녁?! 유스케 씨가 눈을 휘둥그렇게 떴다.

그리고는 이내 언짢은 듯 눈썹을 찌푸렸다.

"…왜 먼저 말 안 했지?"

"예? 그, 그게… 이렇게 안내까지 해줄 줄은 몰라서……."

유스케 씨가 말없이 맥주를 들이켰다. 유스케 씨가 내미는 빈 잔에 거품이 보글보글 이는 맥주를 채우면서 나는 살그머니 그의 안색을 살폈다.

화났나……?

유스케 씨는 다시 맥주를 비우고 거칠거칠한 나무 카운터에 빈 잔을 쾅 내려놓았다.

그리고는 나를 흘끗 노려봤다.

"…다자이후 텐만궁(太宰府天滿宮)에 데려갈까 했는데. 안 되겠네."

유스케 씨가 벌떡 일어나더니 턱으로 따라오라는 신호를 보냈다.

"한판 더 해야겠어."

깜짝 놀란 내 손을 잡아끌고 러브호텔로 들어간 유스케 씨가 요구한 곳은 뒤쪽이었다.

"앞은 닳도록 썼을 테니."

"아, 아니에요……!"

"됐고! 시키는 대로 해!"

유스케 씨가 소리를 버럭 지르며 날카롭게 눈을 부라리자 나는 꼼짝도 할 수 없었다.

유스케 씨가 내 어깨를 붙잡고 입을 꽉 덮쳐 눌렀다.

"으…… 으흡……!"

단단한 혀끝이 우왕좌왕하는 내 혀를 거칠게 채더니 확 빨아올렸다.

이어서 치아 사이를 샅샅이 훑어내자 등줄기를 타고 오싹한 전율이 돋았다.

"후우… 아…… 으흥……."

나도 모르게 유스케 씨의 등을 꼭 껴안으며 몸을 밀착시켰다.

문득 그의 등에 있는 용 문신이 떠올랐다.

이쯤일까……? 더듬어봤지만 알 수 없었다.

하지만 머릿속에서는 그 모양이 뚜렷하게 그려졌다.

조금 느슨해진 혀를 통해 타액이 흘러 들어오자 정신이 몽롱해졌다.

그의 입에서 희미하게 술맛이 났다.

따뜻해……. 달콤해…….

"유… 스케 씨……."

몸이 후끈 달아올랐다.

무섭고 위험한 향기에 왠지 모르게 가슴이 설레었다.

"유스케 씨……."

나는 두려움에 떨면서도 그다음을 원하기 시작했다. 그런 나를 보고 유스케 씨는 내 옷을 확 젖히더니 가슴을 거칠게 빨아들였다.

단단한 혀끝이 가슴을 거세게 물고 핥고 빨았다.

거센 자극에 허리가 사정없이 흠칫거렸다.

"응……! 흐…… 으응…… 아……!"

아! 대단해……! 마치 육식동물이 먹잇감을 잡아 삼키는 것 같아……!

등줄기가 파르르 떨리면서 식은땀이 배어났다.

나도 모르게 허리를 비틀자 유스케 씨가 험악하게 으르렁거렸다.

"얌전히 있어……!"

"네에……."

필사적으로 그의 어깨를 붙들면서 몸을 꼬지 않으려고 애썼다.

유스케 씨가 마치 기저귀를 갈듯 내 다리를 휙 들어 올리더니 사타구니 사이로 손가락을 쑥 밀어 넣었다.

"아윽……!"

"흥! 벌써 흥건하게 젖었구먼. 이 화냥년이……."

"아……! 너무해……!"

모욕적인 언사에 자존심이 상했지만 유스케 씨의 손가락이 그곳을 사정없이 휘젓자 쾌감에 젖은 비명이 터져 나왔다.

두 개로 늘어난 손가락이 마치 그의 물건처럼 내 은밀한 동굴을 찌르고 있었다.

"아, 아, 아하……!"

나는 머리채를 흔들며 몸부림쳤다.

난잡한 왼손이 무의식중에 그의 사타구니를 더듬었다. 기대대로 뜨겁게 부풀어 오른 그의 분신을 만지고 흥분에 젖은 순간, 유스케 씨가 내 손목을 홱 낚아챘다.

"…음탕한 년."

"아……! 죄… 죄송해요……."

"하여간 도시 것들한테 잘 해주면 안 돼. 조금만 귀여워해주면 남자를 아무렇지 않게 잡아먹으려고 드니……."

유스케 씨는 분한 표정으로 입술을 일그러뜨렸다.

설마… 질투하는 거야……?

숨을 쉬기 힘들 정도로 달콤한 감각이 가슴에 퍼져 나갔
다.

내 과거에, 미래에, 이 사람은 질투를 하고 있다.

지금 이 순간은 이렇게,

오직 자기만이 나를 가질 수 있는데도…….

"유스케 씨……."

나는 그의 목덜미를 붙든 채 몸을 기울여 볼에 입 맞추려
고 했다.

하지만 유스케 씨는 미동도 하지 않고 이글이글 불타는 눈
으로 날 노려봤다.

"…엉덩이 대."

시키는 대로 그의 눈앞에 엉덩이를 높이 쳐든 채 관장 호
스를 꽂은 순간, 나는 부끄러운 소리를 내질러 버렸다.

칠칠치 못한 소리. 문란한 여자의 소리. 흥분과 갈등으로
몽롱해진 의식 속에서 꽃주름을 비집고 들어오는 자극이 느
껴졌다.

"아으으으…… 아악……!"

"어때. 느껴져……?"

"시, 싫어어어……!"

"응? 호스 줄기가 느껴지냐고……."

"하아…… 아…… 아아아……!"

드…… 들어오고 있어……!

혹시라도 누가 볼까 죽고 싶을 정도로 부끄러운 방법으로 뱃속을 깨끗이 비운 나는 욕실로 끌려 들어갔다.

유스케 씨는 샤워기로 내 엉덩이 골을 깨끗하게 씻어 내렸다.

이어서 로션을 잔뜩 묻힌 가운뎃손가락이 그곳으로 미끄러져 들어오자 나는 수치심 가득한 비명을 내질렀다.

"히익……! 아…… 아아윽……!"

유스케 씨는 내 두 팔을 꽉 붙잡고 내 몸을 거칠게 벽으로 밀어붙였다.

손가락으로 엉덩이를 느슨하게 풀 듯 빙글빙글 돌리자 욕실에 찌걱찌걱 하고 질척한 소리가 울렸다.

"크하……! 으…… 아악……!"

어쩔 줄 모르며 정신없이 몸부림치는 나.

평소와는 다른 야릇한 느낌에 유두와 사타구니가 뜨겁게 달아올랐다.

아……! 어…… 어떻게 이런……!

유스케 씨는 귀까지 새빨개진 나를 더더욱 세차게 몰아붙였다.

"아주 흥건해……."

"싫어……! 아하악……!"

"어이. 사실대로 말해. 이쪽은 진짜 처음인 거야?!"

"처, 처음… 처음이에요……! 으학……!!"

"앞쪽은 언제 따먹힌 거야? 누가 따먹은 거야? 말해!"

질투를 못 이기고 사정없이 손가락으로 내 꽃주름을 후벼 파는 유스케 씨.

내가 몸부림치며 새된 비명을 지를수록 그는 점점 더 험악하게 언성을 높였다.

"헤픈 년……. 그동안 아무한테나 대준 거지……?!"

"미, 미안해요……! 하, 하지만… 거긴 진짜… 유스케 씨가… 처음…… 으아앙……!"

"정말이야?! 정말 여긴 내가 처음이야……?!"

"저, 정말이에요……! 정말… 정말로, 유… 스케 씨가… 처음…… 아악……!"

아아. 샤워기에서 떨어지는 물소리가 꼭 빗물 소리 같이 들렸다.

미지근한 비를 맞으며 수증기 어린 욕실에서 처참하게 능욕을 당하자 눈앞이 어지럽게 흔들렸다.

자지러질 것 같은 충격을 참으며 겨우 눈을 떠봤다.

욕실 거울에 날 향해 목을 쳐들고 흔들리는 검은 물건이 비쳤다.

"아아……! 유스케 씨…… 이익……!"

정말로 그게 들어오는 거예요……?

나 정말 무서워요. 찢어질지도 몰라…….

하지만…… 후회하지 않아…….

갑자기 유스케 씨의 손가락이 쑤욱 빠져나갔다.

"아학……!"

야릇하게 간질거리는 느낌에 다시 아랫도리로 뻐근한 열기가 몰려왔다.

유스케 씨의 손가락이 난폭하게 내 은밀한 샘물을 문질렀다.

넘쳐흐르는 꿀물을 손가락에 잔뜩 찍더니 엉덩이 사이의 꽃주름에 덧입히기 시작했다.

"히아앙……!"

나는 욕조에 손을 짚은 채 간신히 쓰러지지 않고 버티고 있었다.

유스케 씨가 우악스럽게 내 엉덩이를 좌우로 벌렸다.

"숨, 뱉어……."

낮게 떨어지는 명령에 각오하고 눈을 질끈 감았다.

숨을 내뱉음과 동시에, 불기둥같이 뜨거운 덩어리가 내 엉덩이 사이를 헤집고 들어왔다.

"흐아아아악……!"

아, 아파……! 아파……!

끝만 살짝 들어왔는데도 난 세차게 머리를 휘저으며 애원했다.

"아…… 안 되겠어요! 유스케 씨……!"

"내가 싫다는 거야?"

"좋아… 좋아해요……! 하지만… 하지만…… 으아아

앙……!"

커다란 기둥이 무자비하게 꽃주름을 비집고 파고들었다.

아프고 뜨거웠다.

단단하고 사나운 모양이 그대로 느껴졌다.

"아… 아아…… 악……!"

유스케 씨가 뒤에서 갑자기 가슴을 움켜쥐자 교성이 터져 나왔다.

무릎을 덜덜 떨며 신음하는 나를 지배하는 그의 몸짓에 자비심이라고는 전혀 없었다.

유스케 씨는 커다란 손으로 유두가 비어져 나올 정도로 강하게 가슴을 거머쥐었다.

허리를 세차게 움직이며 그의 분신을 빙글빙글 돌렸다.

"아아아……! 하… 하앙……! 안 돼…… 안 돼! 유스케 씨! 아, 아, 아, 아, 아……!"

"힘 빼……."

"아! 안 돼… 안 돼……! 아아아악……!!!"

유스케 씨가 내 유두를 꼭 집었다.

흠칫 하며 몸을 떤 순간, 기다란 기둥이 푸욱 하고 더더욱 깊이 꽂혔다.

"아으흑……!!!"

고통과 압박감이 뒤섞인 야릇한 감각에 나도 모르게 눈물이 비어져 나왔다.

뒤쪽으로 전해지는 리드미컬한 움직임에 긴장되어 손가락

하나 움직일 수 없었다.

"아⋯⋯! 아⋯ 아⋯ 유스케 씨⋯ 아⋯⋯!"

저절로 눈물이 뚝뚝 흘렀다.

유스케 씨가 긴장으로 뻣뻣하게 굳은 채 움직이지 않는 내 허리를 부드럽게 어루만졌다.

"⋯아스카. 잘 참았어."

눈물이 또 한 방울 툭 떨어졌다.

유스케 씨. 나⋯ 나⋯⋯.

"으흐⋯⋯ 아아앙⋯⋯!"

"미안⋯⋯. 지금 내가⋯ 기분이 너무 좋아서⋯⋯."

유스케 씨의 입술이 내 어깨에 닿았다. 손가락이 가만히 꽃잎 사이로 솟아난 돌기를 어루만졌다.

"아⋯⋯ 아⋯⋯ 하아⋯⋯."

유스케 씨가 원을 그리듯이 꽃봉오리를 부드럽게 애무하자 온몸에 달콤한 쾌감이 퍼졌다.

그토록 나를 옥죄던 고통도 단숨에 달콤한 쾌락으로 변했다.

"으으응⋯ 하⋯ 아아⋯⋯ 아아아⋯⋯."

내 목소리의 변화를 알아챈 유스케 씨가 천천히 허리를 움직이기 시작했다.

내 가장 부끄러운 장소가 희미하게 삐걱거리면서 문을 열었다.

커다란 그의 물건을 빨아들일 기세로 휘감는 게 느껴졌다.

유스케 씨는 그대로 계속 허리를 놀렸다.

나는 허리를 밀어 올리며 짐승같이 울부짖었다.

은밀한 샘에서는 끊임없이 달콤한 꿀물이 솟아나고 있었다.

"부탁… 이에요…… 유스케 씨……. 넣어줘요… 넣어줘요……!"

"응? 넣고 있잖아……."

아니. 거기 말고…….

다른 데에 넣어줘요…….

차마 그 말은 하지 못한 채, 난 그저 처음 알게 된 안타까운 감각에 몸부림쳤다.

한 번만 더 안기고 싶었다.

몇 번을 안겨도 또 그렇게 생각해 버릴 것 같았다…….

"으음……. 진부하지만 매운 명란젓이 낫겠지?"

월등히 비싼 것을 집어 들었다. 이건 편집장님께 드릴 것. 레오한테는…… 명란 마요네즈면 되겠지.

혼자 키득거리며 선물을 골랐다. 쓸쓸함을 잊을 수 있도록.

유스케 씨는 배웅을 나오지 않았다. 공항에 가야 할 시간이 돼서 꾸물꾸물 옷을 입기 시작하는 나를 등진 채 줄곧 담배만 피웠다.

"…갈게요."

그렇게 말해도 돌아보지 않았다.

엉덩이 골에는 아직 얼얼한 느낌이 감돌았고, 만족시키지 못한 곳은 여전히 뜨거웠다.

출발까지 남은 잠깐의 시간. 나는 화장실로 달려가 혼자 그곳을 만족시키려고 했다. 하지만 역시… 느낌이 전혀 달랐다……

"유스케 씨……."

첫날밤의 박력 넘치던 당신이 그리워요. 아까의 심술궂은 당신이 미워요…….

마음이 혼란스럽고 가슴이 아파서 한숨만 나왔다.

"하아……."

내 머리가 어떻게 된 게 분명하다.

호텔을 나서던 순간, 가방 속에서 핸드폰이 울렸다.

…유스케 씨?

아……. 아니야…….

"편집장님……."

휴일인데 웬일로? 의아한 마음에 머뭇머뭇 통화 버튼을 눌렀다.

나를 일상으로 이끌어내는 목소리가 흘러나왔다.

"여어. 아스카. 잘 다니고 있어?"

"아, 네……."

"어때. 본고장 맛의 비밀은 찾았어?"

그래. 그럴 생각으로 왔다.

언제나 샛길로 빠지지만. 하지만 그래서 알 수 있는 것도 있다.

"잘은 모르겠지만…… 와일드하고 난폭한 느낌이에요. 거칠고 냄새나고, 전혀 부드러운 맛이 없지만……."

하지만 정직하고 강해서 용기를 가지고 먹어보면 빠져나올 수 없는 그런 맛이에요.

얘기하면서 또다시 눈물이 뚝뚝 떨어졌다. 이러면 안 돼. 이상하다고 생각하실 거야…….

"왜 그래? 감기 걸렸어?"

헉! 어쩜…… 이렇게 둔할 수가!

나도 모르게 피식 웃고 말았다.

정말이지…… 다행이야.

"…네. 하카타에서 감기 걸린 것 같아요."

"바보. 오늘밤까지 잘 치료해 둬. 내일부터 기획회의야."

"네!"

"좋은 아이디어 기대할게. ……본고장의 맛도 알게 된 것 같으니."

그럴 리 없다고 생각하면서도 출발 로비에서 나는 또 다시 유스케 씨의 모습을 찾았다.

혹시 드라마에서처럼 쫓아와 준다면 내일의 기획회의도, 푸드 저널리스트의 꿈도 버리고 말 것 같은 기분이 들었다.

그래서…… 그가 냉정한 사람이라서 다행이었다.

덩그러니 비행기 좌석에 앉은 나는 한참을 창문 밖을 멍하니 바라보다가, '앗!' 하고 소리를 질렀다.

"…공항 도시락을 까먹었네!"

나답지 않게.

정신을 놓고 있는 나에게 쓴웃음이 났다.

그리고 희미하게 출출함을 느끼면서 핸드폰을 가방에 집어넣는 순간, 나는 다시 한 번 소리를 질렀다.

가방 속에 하카타의 명물 과자 '츠루노코(鶴の子)'가 들어 있었다.

언제? 난 산 적 없는데?

라고 생각한 순간, 누군지 알 것 같았다.

"…유스케 씨?"

나한테 주려고 오늘 내내 기다렸겠지.

"……서툰 사람."

대충 밀어 넣은 탓에 상자가 조금 찌그러져 있었다.

상자 안에는 마시멜로 안에 노란 앙꼬가 들어간 과자가 담겨 있었다.

문득 유스케 씨가 아이였을 때부터 먹어온 추억의 맛일지도 모른다는 생각이 들었다.

"나한테 먹이고 싶었나……."

잘 모르겠지만, 멋대로 그렇게 생각하기로 했다.

비행기가 이륙하기 시작하자 하카타의 야경이 눈에 들어왔다.

반짝거리는 저 불빛 중 하나가 그의 가게겠지.

"안녕……."

몇 번이나 반복되는 이별이지만,

역시 애달파요, 편집장님…….

『꽃미남 구르메』 하권에 계속…

금단의 사랑

형의 여자

나이토 미카 글 | 사에키 포테리 그림
김채환 옮김

아침 햇살에 눈이 부셔 잠에서 깨,
가장 처음 본 것은 사랑하는 연인
유우토(悠人)의 얼굴.
연인과의 행복한 주말이 영원히
계속될 줄 알았던 히나타 앞에 돌연,
시골에서 올라온 그의 동생 쇼타(翔太)가 나타난다.
배우를 꿈꾸며, 대뜸 형과 함께 살겠다고 선언하는 쇼타.
평화로웠던 연인의 관계에 약간의 방해라고 생각했는데, 시간이 지날수록 쇼타는
히나타에게 흥미를 보이며 히나타와 유우토 사이에 파란을 일으키려 하는데……

일본 최대 전자책 사이트 〈코믹 시모아〉 TL 부문 1위 작품!
모바일 소설계의 여제, 나이토 미카 작품 첫 한국 단행본 출간!

애절함과 자극이 있는 사랑의 여러 가지 형태.
국내 첫 전자책 관능로맨스 레이블

매월 15일, 각종 전자책 사이트에서 발간!

당신을 여자로 만들어 드립니다

왕선생의
치료실

타치바나 유키노 글
키사라기 카나데 그림 | 이정화 옮김

아는 사람만 아는, 인터넷에서만 찾을 수
있는 비밀스런 치료실. 여성의 성(性)에 관
련된 어려움을 듣고 진료하는 그곳에 오늘
도 숱한 성의 고민을 가진 여성들이 찾는다.

연인과의 관계에서 좀처럼 느끼지 못하는 여인. 아기가 들어서지 않아 고민하는 부인. 새치
때문에 좋아하는 남자에게 고백하지 못하는 여성……

중국 약선사의 계통을 이은 한의사, 왕 선생. 그 이외에는 모든 것이 베일에 쌓인 그가 성의
고민을 안은 여성들에게 알려주는 비법이란……?

일본 최대 전자책 사이트 〈코믹 시모아〉 대히트작!
한국 전자책 사이트 〈T-store〉 로맨스 카테고리 베스트셀러!
왕 선생의 치료실에서 일어나는 비밀스런 기록들……!

아인-핀 프리미엄 시리즈
엄선된 관능로맨스 작품이 매월 10일 단행본 발간!

애절함과 자극이 있는 사랑의 여러 가지 형태.
국내 첫 전자책 관능로맨스 레이블

매월 15일, 각종 전자책 사이트에서 발간!

욕망의 애드리브

흐트러진 러브신

나카시마 지로 글 | 히메츠카 시나 그림

김산우 옮김

오랫동안 배우를 꿈꿔 온 카즈이(和伊)
리쿠는 에이전시 계약일, 동경해 마지않
던, 최고의 인기 배우 카미시로 나기(神
城那岐)를 만난다. 하지만 냉랭하기만
한 그의 태도에 리쿠는 금방 실망을 느
끼고, 선배라는 생각도 하기 전에 뛰어든 첫 일에서 연예계에 암암리에 존재한다는 몸으
로 하는 로비에 대해 알게 된다. 꿈과 현실 사이에서 방황하는 리쿠에게 도움을 준 것은
지금껏 냉정하기만 했던 카미시로 나기. 그의 손에 이끌려 간 그의 방에서 리쿠는……

일본 최대 전자책 사이트 〈코믹 시모아〉 BL 부문 1위!
가슴 애절한 사랑 이야기, 나카시마 지로의 작품 첫 한국 단행본 출간!

아인-핀 프리미엄 시리즈
엄선된 관능로맨스 작품이 매월 10일 단행본 발간!